骆家 金重 主编

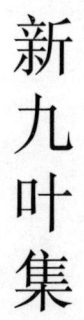

新九叶集

Neuf
Nouvelles
Feuilles

广西师范大学出版社
·桂林·

新九叶集
XIN JIUYEJI

图书在版编目(CIP)数据

新九叶集 / 骆家,金重主编. --桂林:广西师范大学出版社,2019.3
ISBN 978-7-5495-4153-9

Ⅰ.①新… Ⅱ.①骆…②金… Ⅲ.①诗集—中国—当代 Ⅳ.①I227

中国版本图书馆CIP数据核字(2018)第292940号

广西师范大学出版社出版发行
(广西桂林市五里店路9号   邮政编码:541004
 网址:http://www.bbtpress.com)
出版人:张艺兵
全国新华书店经销
北京盛通印刷股份有限公司印刷
(北京经济技术开发区经海三路18号 邮政编码:100176)
开本:889 mm×1 194 mm 1/32
印张:13.125   字数:230千字
2019年3月第1版 2019年3月第1次印刷
印数:0 001~6 000册   定价:49.00元

如发现印装质量问题,影响阅读,请与出版社发行部门联系调换。

序一 | 巴别塔的儿女

王家新

在中国新诗史上，我最认同的是20世纪40年代"西南联大诗人群"的传统。在那个特殊的年代和环境里，这个"诗人群"，无论是"师长一代"（闻一多、朱自清、冯至、李广田、卞之琳等前辈诗人），还是新锐的"学生一代"（穆旦、郑敏、杜运燮、袁可嘉、王佐良等），不仅坚守了"五四"新诗的传统，还以其对"现代性"的锐意追求，把中国新诗推向了一个新的更令人瞩目、也更富有生机的阶段。纵观百年新诗，"西南联大诗人群"不仅构成了那个时代的一道"奇观"，而且他们对此后的新诗发展——尤其是自《九叶集》出版以来，对中国当代诗歌的发展都产生了深远的影响。

的确，在"文革"结束后的思想解放氛围中推出的《九叶集》（1981），堪称新诗史上一个重大的"考古发现"，它不仅发现了九位"被埋葬"的优秀诗人，而且将那个年代中国新诗对"现代性"的追求及其艺术成就令人惊异地展现出来。当然，在《九叶集》刚出版的那些年月，人们主要是从创作的角度来看那一代诗人的追求和贡献的，而在今天看来，他们对中国新诗的重要的不可替代的作用，还要把他们的翻译包括进来。《九叶集》中的穆旦、陈敬容、郑敏、袁可嘉等人，以及未收入《九叶集》、但同样是西南联大出身的王佐良，不仅是诗人，还都是各有成就的优秀译者。他们不仅以其创作参与和推动了中国新诗的求索和建设，而且合力塑造了"诗人作为译者"这一"现代传统"。他们富有创造性的译作影响了数代中国诗人和读者，构成了百年新诗最有价值和光彩的一部分，成为留给我们的重要资源和遗产。

我一再感到，这一传统——"诗人作为译者"——的重建，不仅对于诗人们自己的创作十分有益，而且对于继续推动中国诗歌的发展及其与世界文学的对话也至关重要。

而这一传统的重建，在我看来，自20世纪八九十年代以来，主要就是由在北京外国语学院（后更名为北京外国语大学）执教的王佐良先生所推进和承担的。可以说，他堪称他那一代诗人翻译家的最后一位杰出代表。作为一个西南联大时期的现代主义诗人，王佐良先生在五六十年代完全转向了诗歌翻译和对外国文学的译介、研究工作，而在"文革"结束后，他又回到了"早年的爱"，并以其诗人的敏感和责任感，延续和拓展着"西南联大诗人群"对"现代性"的追求。他在80年代初期对罗伯特·勃莱、詹姆斯·赖特等美国"新超现实主义"或"深度意象"诗人的发现性译介,深深影响了那个年代中国的年轻诗人,在诗坛造成了一种新的风气;他后来对奥登等诗人的翻译,则带着他的全部敏感和多年的译诗经验,透出了一种高超的技艺和语言功力,真正体现了如卞之琳先生所说的"译诗艺术的成年"。不仅如此,王佐良先生还肩起了一份责任,那就是对中国新诗"诗人译诗"这一传统进行回顾、总结和阐发。他的诗歌观、翻译观,他对"现代敏感"的强调,他对语言的特殊关注,他对中国现代主义诗歌传统的重新塑造,都一再地激励和启迪着我们。可以说,我们这一代诗人和译者无不受惠于王佐良先生。

正因为如此,我和许多中国诗人一样,在那时会常常把目光投向"北外",因为那里有这样一位为我们所高度认同的诗歌前辈和翻译大家。我们不仅关注王佐良先生自己的著译,还关注北外编辑出版的《外国文学》(在20世纪八九十年代,我和很多中国诗人都订阅有这份杂志)。我就是在这种"认同感"的作用下,自80年代后期以来,不仅关注北外的诗歌活动和学生文学社团,也先后认识了像王伟庆(少况)、李笠、树才、金重、高兴、黄康益、骆家、李金佳、姜山等年轻的北外诗人和译者们。

的确,我对他们感到亲近,不仅是因为他们热情,满怀着80年代特有的诗歌理想,还在于他们大都是王佐良先生的学生;不仅在于他们投身于诗歌,还在于在他们身上都"携带着一个译者"。我们在一起可以谈论我们所热爱或感兴趣的那些诗人,如夏尔,如特朗斯特罗姆,如安妮·塞克斯顿。诗人多多当年就很看重王伟庆、金重、树才的翻译,在笔记本上抄满了他们的译作。我自己最愿接近的,也正是这一类诗人兼译者的年轻同道。或者用策兰的一个说法,我愿意和他们在一起,因为我们都是"从两个杯子喝酒"的人。我难忘和他们在一起日夜谈诗、日夜从两个杯子"畅饮"的那些时光!

也不知为什么,我会经常把诗和诗人与学外语联系在一起,比如穆旦等西南联大那一批年轻诗人,大都是"外语系出身",卞之琳、冯至、戴望舒,也都是"外语系出身",台湾地区的一些诗人如余光中、杨牧和后来的陈黎、陈育虹等人,也都是"外语系出身"。我自己曾一再后悔上大学读的是中文系而不是外语系,那就只得靠"自学"了。我这样讲,并非因为对我们自己的母语"没有感情",而是正如我翻译的英籍德语流亡作家、诺贝尔文学奖获得者卡内蒂所说:"语言发现它的青春源泉,在另一种语言中。"这些,我自己在阅读、翻译和写作的过程中都一再地体会到了。因此,我一直对外语学院怀有一种"特殊的感觉"。在我看来,比起中文系,那里更有可能成为一个"诗的摇篮"(当然,最好是有王佐良、叶公超这样的老师！王佐良且不说，叶公超当年在清华外语系任教，就带出了卞之琳、赵萝蕤这样的学生诗人译者）。两三年前北外的学生文学社团采访我，我还称他们是"巴别塔的儿女"（这里借用了乔治·斯坦纳的一个说法："我们的文学是巴别塔的儿女"）。北外，作为一个拥有那么多外语学科的学校，它本来就是一座"诗歌巴别塔"，从收入本集的"九叶"来看，如李笠（瑞典语）、树才、李金佳（法语）、少况、金重（英语）、高兴（罗马尼亚语）、骆家（俄语），就是一个例证（其实，从北外出来的诗人译者还有现居澳门的姚风，他学的是葡萄牙语）。而我之所以用"巴别塔的儿女"做这篇序文的题目，也在于其更普遍层面上的意义：所谓"全球化"时代也好，歌德意义上的"世界文学"时代也好，都是穿越巴别塔的时代；在现在，在将来，无论创作还是翻译，我们也只有在穿越"巴别塔语言变乱"中才能练就一种更敏锐的诗歌听力。

这些年来，虽然王佐良先生早已离去，当年的年轻诗友也已星散，但北外的文脉还在，诗脉还在。我任教的人大和北外挨得很近，我也和北外的李雪涛教授，阿多尼斯、达维什的译者薛庆国教授多有交流。北外聘请著名汉学家、诗人顾彬做了特聘教授后，他在北外也组办了许多诗歌活动（包括去年他组办的"王家新和他的译者们"多语朗诵对话会）。诗人翻译家汪剑钊教授调入北外后,北外的诗歌气氛更浓厚了。我只是希望在北外能再次涌现更多像收入本集的诗人一样的年轻诗人,重现20世纪80年代它曾有的诗歌荣光,或者说,再次成为一座"诗歌巴别塔"!

就收入本集的"九叶"来看,他们中的不少都以翻译和创作成名,如李笠、树才、高兴等,在诗坛和译坛都有着广泛影响;有的仍在"潜行",但已展现出他们的潜力;有的厚积薄发,如骆家,近年的诗和翻译都让人乐见;有的远离故国,但仍孜孜于诗,和他的缪斯守在一起,如美国圣地亚哥"幸存者村庄"里的金重。这些年,北大、复旦和我的母校武汉大学的诗友校友,都纷纷打出了各自诗派的招牌,或是出版有各种校园诗选。我也衷心希望已分散在各地的"北外诗人"们能重新聚集起来,因此在与他们聚会时提出了出书的建议。我倒没有直接称呼他们为"新九叶诗人",只是以《九叶集》为参照来提示某种传统、某种文脉、某种精神。在我看来,无论创作还是翻译,无论从文脉上看,还是从他们的写作本身所体现的独立、自由的现代知识分子的写作视野和精神上看,他们也都有充分的条件赓续"西南联大诗人群"这个传统——当然,传统的赓续、拓展和刷新不单是靠哪几个人,而是靠一代人甚至数代人,那就让我们都为之努力吧。

七八年前,我曾写有一文,专门介绍和评论王佐良先生翻译的洛厄尔的《渔网》一诗。它并未收在王佐良先生的译著中，我只是在他的一篇文章中见到。但是，仅仅这一首译诗，已足以让人难忘了。它不仅展现了洛厄尔的优异诗质，也透出了王佐良先生自己的敏锐眼光和精湛、高超的翻译诗艺。读他这首极富创造性的译作，并对照原文，我不能不惊异译诗艺术已被推向了一个怎样的境界！因为骆家在其《编后记》中全文引用了该译文，我就不再引用了。我最后想说的是：王佐良先生在他生命的最后阶段留下的这首译作，几乎也就是他那一代诗人翻译家的光辉写照。他们满怀着理想和责任，把自己献给"静默的远航和明亮的捕捞"，在写诗和译诗中度过了一生。他们也许"说得太少，后来又太多"，但他们撒下的渔网并没有落空。他们不仅给中国新诗和语言文化做出了最可宝贵的奉献，他们也带出了、滋养了新的一代（这本《新九叶集》就是证明）。他们留下的遗产，正如那磨损的挂在墙上的渔网，难以辨认而又令人起敬。它已被牢牢钉在"没有未来的未来"之上。实际上，它也不需要别的"未来"；它自身就在昭示着一种语言和诗歌的光辉的未来。

2017.9.29　人大林园

序二 | 我这根火柴成了灰，点燃的诗灯却长明
——致敬神奇的 20 世纪 80 年代

张桦

这事儿很有些神奇，本身就像一首诗。

九个相差十二岁的北京外国语大学男生，既不同系，又不同级——相隔十一个年级：79 级—90 级——却因为诗歌而相识相知，走到一起。

毕业后他们凭借自己学到的语言技能，走进不同的世界。人各有志，人各有命，如法语 83 级的树才，分到国家进出口公司当项目经理，号称挣钱多得发傻，可就这么个令人艳羡的职位，几年后却被他换成了到外国文学研究所坐冷板凳，只因他想写诗，译诗，研究诗。不仅他，其他八位，二十多年来也都大同小异，他们最终被我的大学同班同学王家新教授发现提携，仿效 20 世纪 40 年代中国著名的"九叶诗派"命名为"新九叶"。

"新九叶"诗作合集要付梓了，辗转找到我，称我为"老师"，令我惭愧不已。他们记得我，按说原因很

简单：在 20 世纪 80 年代中期，我确实当过北外的老师，鼓动同学们成立了"尝试"文学社，当顾问，出期刊，请作家们来校讲座，向报刊推荐学生习作——居然在一年多时间里，从《人民文学》到《北京晚报》，发表了上百篇作品。一时间，人们刮目相看：北外文学社兵强马壮，风风火火，而"新九叶"中好几位正是当年文学社的骨干。

但是不简单的是：三十多年过去，我这根据说点燃了他们心中爝火的火柴，早已在碌碌无为中成了灰，他们这九盏诗灯却依然闪烁在文学星空，照亮并温暖着我已不年轻的心。

为什么会如此？他们有什么魔法，从青葱年华倏忽间穿越到了今天，出现在我面前，依然是九茎新绿、九缕清光、九瓣心香？

探究这神奇的原因，我首先想到，必须要归结于那个神奇的年代。

是的，我说的就是 80 年代。

那真是一个神奇的年代！远没有当今人的钱包满满，但是人人幸福满满希望满满信心满满。我记得，我请过几十位作家到北外来给文学社做讲座，他们虽然还没有像后来那样"天下谁人不识君"，各种各样桂冠戴了一脑袋，但已在文坛上才华逼人、声名鹊起。请陈建功时，他说，要么车接车送，要么就什么别管，结果是他自己骑车来了，我唯一的款待，是在筒子楼烟熏火燎的走廊里，为他准备了三个菜的"感谢宴"。到请莫言时，连这顿饭都免了，我只负责到公共汽车站接送。请北岛时，原来安排的三百人的大教室突然变得拥挤不堪，临时改到一千二百多人的大礼堂依然座无虚席。请解放军艺术学院和北京大学两个作家班来校座谈时，就更富戏剧性了，我只对两位班长说：人人都说北外女生漂亮，你们不想见识见识吗？——这擦了"色诱"的边吧！二十多位得过全国文学奖的名作家结队走进北外，这事儿，甚至惊动了北外当时的院长王福祥，他马上命令学校招待所开席三桌，全程亲自作陪，给了我和文学社一个很大的面子。

那真是一个神奇的年代。我记得，我夹着一叠一叠的学生习作，去过很多报刊编辑部。我这个"推销员"与编辑们并无深交，最多只是一支烟一杯水的交情，而且往往是他们递给我。可我从未受过冷眼怠慢，这些青涩却纯真的作品得到他们的青睐，后来还有刊物定期上门来征稿。

那真是一个神奇的年代。我记得，文学社自办的是双月刊，每次临近出刊，都是十几位同学到学生会搬来大捆的新闻纸，架起油印机（"90后"们肯定没见过那种老古董），贴上熬夜刻好的蜡纸，抄起油滚子，一页一滚地让习作呱呱坠地，每次最少要印三百份——文学社有三百个社员，现如今到哪儿去寻找如此庞大的文学社团（多年后我惊异地发现一位女生仅仅因为一位文学社男生在《人民文学》上发表了一个短篇小说就嫁给了他，禁不住问其感受，她淡淡回我：上当受骗了呗）。

很多年来我都感受到那个年代的神奇，无论是经济还是精神上，余韵绵长！尤其是在我商海挣扎游泳的艰辛过程中，那些有形无形的帮助和鼓励，支撑我全身而退，否则我不是呛水溺亡，就是被拍死在沙滩上了。

当我对老友高伐林（20世纪80年代著名诗人）谈起"新九叶"这个神奇的故事，并将奥秘归之于那个神奇的年代时，这位老友却没有轻易苟同我的看法：归功于80年代？我们都是从80年代走过来的啊，除了"90后""00后"这些晚出生者，谁没有经历过80年代？为什么大多数人如你所说"碌碌无为"甚至火柴燃尽，却没有"新九叶"这样的坚守、这样的追求？

这让我陷入沉思。是啊，80年代那种百废待兴、狂飙突进的氛围，无疑熏陶、激励了包括"新九叶"在内的所有人。但是后来呢，三十多年，大家都经历了时代的颠簸、生活的磕碰，"时时有人退伍，有人落荒，有人颓唐，有人叛变"（鲁迅语），而他们却不改初衷。更深刻的原因，恐怕还得要从他们灵魂深处寻找：他们内心本就蕴藏了这样的能量、具备了这样的潜力，才能在80年代被一支火柴点燃之后，与那个年代呼应共振；而且在那个年代一去不复返之后，他们仍然能激情燃烧，长明至今。

但我还是要致敬80年代。"新九叶"是80年代孕育的骄子，他们也是构成80年代的杰出一员（不，九员），他们更是、更应该是我们民族超越80年代、贯串于所有时代的宝贵元素和精神结晶！

"新九叶"的诗歌造诣如何？我不敢妄加评论。但我要说，读这些诗，让我回到了那个神奇的年代，让我惊悟那种纯洁的感受和沉静的思索，与当今世间的浮躁、喧嚣，形成何等巨大的落差；让我重新唤醒并梳理许多已经麻木的思绪，关于母亲、爱人、孩子、理想……"新九叶"这个群体，三十年前他们是我的学生，而今天，我向他们学习。对这九片在阳光下绿油油的诗叶，我衷心地祝愿他们继续跋涉在诗的路上。

2017.8　纽约近郊家中

序三 | 自由的困境
——《新九叶集》序

高 尚

命名:"新九叶"

伟庆来兰州出差与我小聚时,谈及骆家、金重受诸位诗友之托,主编一本北外当代诗人诗选,且名字也已经取好:《新九叶集》。这令我瞬间开心!因其中大多诗人(包括伟庆本人)都是故交,且多为我所熟悉和喜欢的翻译家。我俩立刻电话联系到多年未见的朋友骆家,向他在南方的炎热酷暑中挥汗编书致敬,我同时表明希望自己是这本诗集的第一个读者。骆家仁厚,热诚地允诺了。

"新九叶"这名字,细思十分诡异,一定出自一个吊诡的头脑。经向树才、伟庆、骆家诸友求证,始知它的议定与命名与王家新兄有关。他去美国顺道到金重那儿,俩人在小聚闲聊中,这一诗集选题连同它的名字便无中生有了。想想时下生态,深感此举已足具《过故人庄》

式的超拔清新了。

说"新九叶"这名字诡异，是因这"新"会强烈引发对"旧"的联想和记忆，其间弥散着一层走光的暧昧。说它"走光"，是因为这暧昧中油然升起半个多世纪前中国现代诗歌史上的"九叶诗人"。

"九叶诗人"中，我有幸认识唐祈和袁可嘉二位前辈。1979年，我刚进甘肃师范大学（今西北师大）校园，唐祈先生作为在校老师，不问出处也不加区别地为一批热爱诗歌的学子办起了诗歌讲堂。他用一本本即时油印成册、散发浓郁油墨气息的汉译西方现代派诗歌做教材，用庞德、艾略特、瓦雷里、里尔克、叶芝、布勒东、艾吕雅给大家做诗歌启蒙，其间偶尔辅之以他所亲历的中国现代诗歌。他是一位文气、儒雅的诗人，又是一位热忱、执着的诗歌教父。我时常会这样想：那个时代，在大学这块园子里，每个爱诗的学子最当得遇的，当是唐祈这样的先生。

1988年初至1989年底，我在中国社科院文学研究所修习文化人类学与中国当代文学期间，因兼在外国文学所图书馆做勤杂，又得遇袁可嘉先生。当他得知我是唐祈先生学生时，颇有几分愉悦；再当我告知他当年唐先生给我们讲叶芝那几首名作，采用的均是他的译文时，他边用手摸着自己头发稀疏、熠熠生辉的脑门，边爽声哈哈大笑，一副乐不可支的样子！他告诉我，他对叶芝那几首名诗的翻译，严格说来还没有彻底竣工，总是隔些年月会根据语感和气息重新调整其中一些语词，因此在不同版本里对同一首诗的翻译会有不同之处。

九叶中的两叶。这就是诗人。那暖意，那性情，虽已阴阳两隔多年，于今却仍然清晰可感、明白如话，是毋需翻译的。

会两种以上语言的人，灵魂具有两种以上颜色。他们用母语求爱时灵魂通常呈浅灰色；反之当他们用非母语求爱，灵魂则显示为青紫色。进厨房取水我突然想到这一点。

至于"新九叶"，我与其中几位就算不青梅，也比较竹马。他们不仅是诗人，且大都是20世纪80年代以来非常重要的翻译家。今天，当我们谈论北欧诗歌——譬如索德格朗、特朗斯特罗姆时，就不能不谈到李笠的贡献；当我们表达对东欧文学——譬如布拉加、索莱斯库等人——的敬意时，就不能不同时向高兴致敬；金重是最早给我们带来布罗茨基诗歌汉语面孔的译者，同时又择优向国外译介中国诗人；如果我们意识到自己在汉语中被勒韦尔迪的超现实具象和勒内·夏尔的神秘意象所击穿，那最初一击很可能来自树才；王伟庆对巴塞尔姆《巴塞尔姆的白雪公主》和布朗蒂甘《在西瓜糖里》等后现代佳篇的翻译，常令我有拍案惊奇之感；骆家在译介俄罗斯新生代诗人之余，近期又倾力推出格鲁吉亚诗人塔比泽的《奥尔皮里的秋天》……率先列举这几位，是因为除李笠、金重，我与其中好几位在20世纪80年代就已经相濡以文学和诗歌了。

俄罗斯文学翻译家、诗人汪剑钊戏称"译诗是一次冒险的恋爱"。其中险情，恐怕就来自于两者身心的契合度。我深信，那些优秀/伟大作者的作品和它的译者之间，在精神和心灵上有种神秘乃至宿命的呼应。一个译者和一个作者及其作品之间，或一个作者及其作品和他的译者之间，不存在什么相遇、发现这类陈词滥调的关系，无论其缘起为何，终是一种前定，是和一种命运赴约。由此，我恍然觉得自己和数位新旧"九叶"诗人之间，不是相遇，更不是相识，而是重逢。

在成都，壹都锦公寓虽然称得上舒适，可一出门就立刻被阵阵热浪裹严。下午去武侯祠。豁然顿悟：蜀国是被热死的。

这些王朝的可怜虫运筹帷幄，却挂一漏万，让帝都坐落在炎热上。

新旧"九叶"：新诗的译和写

细究起来，新旧"九叶"两者之间还确能抽绎出两项显著共性：都是诗人，大都有诗歌翻译。汉语对世界诗歌的翻译，深嵌于汉语新诗百年的历史肌体之中。你可以尽情延展现代汉语对世界诗歌翻译的想象边界，但你不能想象没有翻译诗歌的汉语新诗百年史。大多时候，这二者在发生学上是重合的。写下现代汉语最初重要诗行的手，也是翻译世界之诗的手。新诗发端之初的那些重要诗人，胡适、郭沫若、戴望舒、卞之琳、徐志摩等等，莫不如此。

但他们的诗歌，又无一例外地存有对自己所译诗歌的临摹/模仿。显著的例子，像戴望舒那些深具影响力的作品，如《雨巷》《我的记忆》等，便充满了对魏尔伦、波德莱尔、耶麦（今译雅姆）的临摹与仿写。这一临摹/模仿本身又进而被二度、三度临摹/模仿，由此构成了今日汉诗的前史——中国现代诗歌史。

我毋需暗示汉语新诗在独创/创造性上存在缺陷——这本是事实——而是着眼于它与生俱来的与翻译诗歌无法割裂的关系。从新诗发生到今天，它似乎宿命地与翻译诗歌形成了一种畸形的胞生关系，在自身历史中，它实际上表现为一个主体虚弱的殖民化陈述，而不是一个强有力的独立的语言共和国。

"白话"新诗：历史的断裂和"拿来"的过剩

从汉语新诗诞生／发育角度看，翻译诗歌／文学的确赋予了一种它不曾具备的气质、不曾经验的经验。然而，在今天，如果气定神闲地观望其百岁之躯，会发现有两道伤口赫然显现——历史的断裂和"拿来"的过剩。

在古汉语向现代汉语过度的那一瞬，当所有既定的书写与表达体系突然开始了它的转型与转向，汉语诗歌在此形成了它与历史的骤然断裂。我坚信汉诗由此经历了它史无前例的虚脱和休克。当它再度言说，已是汉诗在言说／表达经验意义上一片空白的白话／现代文。这并不是人们所想象的那种历史积累的爆发，更不是某种后果，而是断裂。它就是断裂本身，是对白话文的当下需求带来的一个断裂，这种需求并不考虑诗歌／文学的命运，而着眼于整个当下史的即时性命运。只有当新文化运动从一个思想／精神事件成为一个已然的历史事实时，新诗／新文学的头几个分行才被战战兢兢地写下。

新诗的生成，本应是那个从作为即将来临之存在的存在，成为本有；但它却无可奈何地成为异己的存在。应该说，历史给了汉语诗人一个自唐宋以后可救汉诗于不振的千载难逢的绝佳机遇，但在那一刻，几乎所有的汉语诗人瞬间便陷入了无法被指认和识辨的集体"无名"状，瞬间成为这个世界上荒谬的存在者。他们显然既没有准备好如何成为一个新诗人,更没有能力发明或生成一个新的自我。然而关于这一点,也许已经是某种"基因学"的课题了。

假设草草地写下也算是永恒,那么时至今日,这一书写本身已沉积为新诗自身一派狼藉的历史。但这一历史和整个汉语诗歌史在概念、定义、形式等诸多端面上,呈现异质不能同构状,这使得汉语新诗在语言形式意义上——而这正是全部人类诗歌是其所是的本质——几乎失去了所有可被指称的构件要素。换句话说,汉语新诗事实上并不真正拥有"诗歌"这一名字。这正是历史断裂给汉语诗歌带来的深度创伤性事实,即使已历时百年,我们也仍然未能将它修复。

从成都回来,兰州温度居然比成都高4℃。擦,真是温度界的奇葩。

另一方面,对西方/国外诗歌的翻译,在汉语新诗的形成过程中,又总是给人带来关于"拿来"的观想。这一观想的重要性以及它所引发的关于当代汉语诗歌的思维危机,非常值得关注。

"五四"新文化运动以来,百年之间,大多数中国诗人对"拿来"所采取的基本是膜拜、顺从态度。但荒谬的是:随着时间的推移,在汉诗"拿来"这一主宾/受施关系中,随着宾格"拿来"的东西愈多,主格"我们"却愈来愈少了!或者说,这一受施关系始终处在一种失衡、倒置的结构中,彰显出一种结构性的"拿来"过剩。汉语新诗对拿来、接受与完成、输出这一受施关系缺乏配平能力,始终居于弱势。这一状况至今也未得到根本性改善。它被大量给予性的成分,要比在母语环境下自我生成/创造的成分多得多,形成显而易见的殖民/自殖民处境。多年以后,汉诗语言"翻译体"的滥觞,汉语诗人对西方/国外诗歌方式的过度倚重和仿写,对汉语/母语诗歌实验/书写难度的回避,都无不印证着这一判断。德国汉学家、诗人、当代中国汉语诗歌重要的德语翻译者顾彬,当他在十多年前直言中国当代文学为"垃圾"时——虽然他又在相对意义上以略好于小说的说法安慰了当代汉诗——这一他者视角也映现了这一主格弱化的情势。

当我们试图从汉语/母语立场来看待新诗这一形式,包括它的独创性乃至对它进行某种影响研究时,相较于汉语古典诗歌,会发现一种汉语表达的主体性弱化。说到底,汉语新诗事实上正日益承受着这一伤害,同时伤及的还有作为汉语诗人的自尊——假如他需要持有母语立场的话。

这是深渊性的汉诗之夜,当代汉诗也因此深陷于"无我"的黑暗之中。这使汉语诗歌在文化创造、文化选择、身份选择以及母语立场等各种向度中溃退了。"拿来"的要旨本是举起他者的诗歌之光，使汉语新诗得度当下的即时性黑暗；如果它是光，那"拿来"一定是点燃／点亮，最终使让汉语诗歌发出自身的光芒，而不是相反：令母语在他者的光芒中眩晕，使自身处于永久的黑暗；更不是为了消除自身之黑，连主体也一并消除掉。

嘿，MU6221次航班像一辆开足了马力的农用拖拉机，正浑身颠簸着从上海至兰州的夜空中穿越云层。我抓紧在一只餐盒纸盖上写下上面这段文字。

当然，当一个汉语诗人保持一个置身于世界的姿势时，他需要这一基于汉语／母语立场的观察和期待。

这不能不让人回忆起鲁迅。当是之时，他提出了对"拿来"的两条规避性原则，一条是"采用外国的良规，加以发挥，使我们的作品更加丰满"；另一条是"择取中国的遗产，融合新机，使将来的作品别开生面"（《且介亭杂文·〈木刻纪程〉小引》）。假如鲁迅作为新文化运动的参与者、在场者，他所提供的这两条原则具有某种当下针对性，那么，纵观汉语新诗这百年的两端——它在漫长的中时段上再度陷入了虚脱和荒诞——我们会证得这样一个事实：它的"采用外国良规"，在体量上远胜于"择取中国遗产"，二者之间也并不构成等量／对等关系，而是一种畸形的单边扩张。这也许是自信丧失的表征，也许是"择取"本国遗产难度更大！我们被打开的世界刺激出过度的对世界的欲求／渴望，但在走向世界的道路上，应该作为完整／自足主体的"我们"，事实上只是影子般的存在。这是否是因"拿来"太多但自我创造匮乏所导致的"诗"之罪呢？

"拿来"所表征的，正是一种无力达成、不能自足、主体贫弱的书写境遇。这一境遇中，它意味着拯救和超度。但这需要主体拥有把握"良机"的能力，拥有对自身的虔诚，对母语的信念、觉悟，在自身困境中起义。

当代汉语诗歌：没有定义就是它的定义

上承白话文新诗，当代汉语诗歌已是一种覆水难收的语言形式。它虽然沉积为百年历史，但始终未能解决诗学第一问题：什么是诗歌？

当代汉诗已经站在这一事实面前：在"拿来主义"背景下，它实际上已经从诸多元素、定义中彻底逸出了汉语诗歌史，成为陌生的存在者。你可以继续称之为"诗歌"，但它与汉语两千多年来所言说的"诗歌"，从特征、元素和定义等方面已几无可相认之处。也就是说，汉语诗歌史两千多年来对于诗歌的定义、认知，在形式上已无一可适用于当代汉诗。

可在此之前，尽管往世诗歌也曾经历巨大的形式变革，例如从诗经到乐府和楚辞、再到近体诗和唐律诗、再到宋词和元曲——但无论其形式如何演变，每一变革中却始终积淀了在源头即已形成和可识辨的诗之为诗的基本构成要素，譬如韵律、格律以及节奏，包括后世所谓诗歌的"音乐性"。而在当代汉诗中，这种一眼即可识辨的诗歌形式元素、特性已经荡然无存，以至当一些诗人偶尔忆及并谈论格律、节奏和韵律这类关涉诗歌形式主体的元素时，总是伴随着一种荒谬感。

正因为如此，白话文、新文化运动以来的中国汉诗写作，可视为人类诗歌史上一种罕见的、最无边界的诗歌实验。如果说新诗伊始，它还试图在由文言文向白话文的语言转变中持存/传承汉语诗歌源头、诗歌史所形成、积淀的那些诗歌要素——譬如胡适、闻一多在创作中所做的努力，那么到了当下，它早已模糊甚至消除了不同文体间的界限，在很多诗歌中，"诗文分野"不复存在。这不禁令人回想起白话诗肇始之时，俞平伯先生曾貌似淡然地指出的："白话诗和白话的分别，骨子里还是有的。"然而今天，已有为数甚众的汉语诗人，早已神不知鬼不觉地成功爬过"诗"和"话"之间那堵高高耸立的墙，安处一隅，尽情于无难度的"白话"盛宴了。

同样，在当代整个文化/文学/诗歌场域中，对"诗歌"的定义也始终依托于种种单面、单向的表达，因为你所能见到的任何一种关于诗歌的定义，无论多么精辟、深刻，都面临着无法还原的窘境：任何一种定义的给予和特征的提取，都无法成为它（诗歌）的自足项，因为它总是荒谬地同时适用并涣散于其他非诗关系。这正如我们今天辨认一首诗是否是诗歌，唯一不争的形式依据，似乎十分难堪、窘迫地只剩下"分行"了。但是，若反向地对许多诗歌文本加以不分行实验，便可得知：在不分行条件下，这些文本与非诗歌文本毫无二致；而"分行"这一机械性，并不构成诗歌是其所是、有别于其他文本形式的形式要素。这其中存在着各种各样的不能还原的风险，因为你绝对不能说只要对任何一种文本进行分行（而这也正是一些当代诗人赖以存在的法宝），便是诗歌。

深具讽刺意味的是，新诗之前的中国古典诗歌，反而是毋庸刻意分行而诗行自现的——任何读者凭借对诗歌形式的认知，即可迅速断得一首往世之诗或同代诗作的诗行。这即是说，当代汉语诗歌实际上已经存在着不能分行、难以分行，或在形式上濒临解体的状况。在诗歌中，很多诗人要么不能用母语的样子言说事物和自己，要么不具备以可定义、可指称的汉语诗歌的方式为人和事物赋形的能力。也许有诗人会像通常所见那样，说不是其中还有"诗意"吗？OK！诗意同样不能构成表达诗歌形式的自足项，很多非诗的自在存在一样可以具备

"诗意",但是在诗歌为它们赋形之前,它们也还仅仅是事物自体,而不是诗歌本尊。

深夜。上海闵行区吴泾。一道炫目闪电,接着一声巨雷,在窗前断然炸裂。楼下、街边的车辆报警器顿时此起彼伏,尖叫起来。顿感莫名惊恐:雷,果然是震卦。我裸身写稿,这会儿从电脑旁起身,离开。暴雨像簇簇利箭,朝大地倾射。

这炸雷、闪电和雨箭,已深深揳进了这页文字。冒着泡的雨水,正在各行距间哗哗漫流。

今天的汉语"诗歌",是一个不具自足内涵的概念,很明显,要理解它的内涵,需要不断从其外部进行给予/输入,因此具有一种显著的寄生性和依附性形态;很大程度上,它也丧失了在自身历史中形成的形式感和新的赋形能力。这便凸显出这样一幅危机图景:我们可以真诚而又雄辩地谈论诗歌,但关于这一概念的基本内涵却是缺席的。与此相应,当代那些汗牛充栋的中西诗学研究、诗歌理论、诗歌课题……在这一处境中也是瞬间苍白,形同虚设。戏仿美国当代作家卡佛一个短篇标题来表达,即"当我们谈论诗歌时我们(究竟)在谈论着什么?"这表明:新诗以来的汉语诗歌,是一种最悬疑的诗歌存在。仿佛出自一种幽暗的集体无意识,诗人们正在倾其全力，心照不宣地制造着一种巨大的文字事实，但不知道如何指称它。

也许没有定义就是它的定义，没有形式便是它的形式。

自由的困境

这一切征候，都指向一种诗学困境。更深刻的困境，还包括由此而引发的诗人的困境："诗人"这一称谓事实上已经被这一诗歌定义/内涵的缺席所彻底悬置，只是更多诗人在自我的语言劳作/狂欢中并不自知，或聊以自慰而已。

我们当然记得，当新诗借新文化运动之力从文言诗歌中挣脱而出时，它响亮的诉求之一，便是自由：自由抒发，自由表达。它为此冲破重重藩篱，且赢得了另一个名字：自由诗。如今，它新生时的种种阻力和羁绊早已消除，它如愿以偿，而且在形式意义上已达"无边的自由"。

然而，我们同时也看到了从新诗到当代汉诗为"无边的自由"所付出的代价："无边"意味着本体概念性的无内涵，莫可名状。诗人可以写诗，但没有能力叫出诗歌的名字，因此在事实层面丧失了至关重要的定义/界定诗歌的能力。

自由植根于否定：否定一切异己、异质的存在，甚至包括否定自我。它使"否定一切"合法化，至少披着合法的外衣。"自由诗"在寻求其合法性时屏蔽了两个重大危机：首先是诗人在瞬间成为母语诗歌、母语表达方式的孤儿，彻底出离于汉语诗歌传统，在古典表达方式与现代汉语/白话文表达方式的断裂处，成为语言的分裂症患者，在语言表达中丧失了可辨认的自足的自我，也使新诗运动发轫之时，大量的汉语诗人彻底丧失了诗歌能力（即使在白话诗/新诗初期几乎所有的作品中，这种分裂也完整地存留于其中）。这一分裂源于传统表达的彻底缺席，也只有凭借传统的在场才能有效治愈。其次对于两千多年的传统诗歌而言，新诗的发生并非是艺术、文化意义上的创生，而更像是一场末日审判，一个暴力性的终止。但在它行使对传统的审判时，应该觉悟到自身也将成为传统的一部分，可能也将面临同样的审判。我们不禁会问：新诗（或每一个现代汉语诗人）对自己的未来有无期许或渴望？如果有，会不会是一个暴力性的终止？

愈往后，"自由"带来的这种危机性后果便愈加彰显。当我们意欲完整地表述、定义汉语/母语诗歌时，我们事实上已经陷入了主体性的分裂；一个自觉意义上的当代汉语诗人，如果站在母语诗学立场发言，那么他必定会在传统、现在、东方、西方、自我、他者等诸多概念意指中失重、眩晕。

缘于此境,在当代中国,谈论诗歌实际上是件捕风捉影之事。这是个人人皆知的概念的幻影,它在广漠的汉语中穿行来去,浮游无根。作为一个共知概念,它并没有可以抽绎、通约的内涵之根。如果引入一种有效的方法论,譬如当代法国哲人巴迪欧所倡导的数元"集空"思维来解析它,便无法通约出一种主体形式的存有,它只是一个"溢出",是一个使诗歌消散的"事件",因为其主体早已被"自由"溺毙。

诗人,请说出诗歌的名字

只要历史还将继续,诗人的写作也将继续。已经一百年了。今天,该到诗人说出诗歌名字的时候了。谁能道出她的芳名,谁就和她心心相印。这是天赋诗人的权力。诗人需要调动自己的认知、理解、想象甚至直觉,在对汉语诗歌前史的澄明中,缀合百年之间可见的残片,给当下"诗歌"这一概念注入/输入新的内涵,还汉语新诗一个定义,一个可识辨的概念,让创造意志不断构建、解构、重构它。否则,当代汉语诗歌在认知、逻辑上始终呈塌陷、无名状,不能自立其身。作为形式艺术,它最终会自噬、消弭于自身之中,尤其当它自身也终归会成为汉语诗歌历史与传统的一部分时,情形更是如此。

这需要清晰的觉悟。汉语诗歌的历史实践告诉我们：任何对于诗歌一劳永逸的定义必定是愚蠢的——《诗经》便不能永久定义唐诗宋词——但没有定义的诗歌更加愚蠢。无概念、无定义的诗歌，作为一种语言艺术形式，它在很大程度上形成的只是习惯而不是创造；而真正的创造则需要一个坚实有效的逻辑起点。如何定义汉语新诗，已作为当代汉语诗歌的第一问题，摆在诗人面前。如果不能要求一个汉语诗人在实验性的晦暗地带为汉诗寻找到某种新的形式可能的话，那么至少可以要求他认识诗歌，书写自己认识的诗歌。

和才旺瑙乳约好见面的时间到了。

在一个拥有丰厚诗歌遗产的国度，汉语诗人有能力和定力来完成真正意义上的汉语诗歌。诗人的基本角色之一，是"诗歌"这一概念意指的真正拯救者和解放者。中国当代汉诗作为最悬疑的诗歌存在，在这个"拿来过剩"的时代，最终能够让它在母语文化中落地生根的，必是具有人类诗歌视野的汉语诗人无疑。

                        2017.9.16　成都—兰州—上海
                        2017.11.15　改于兰州金地

目录

李笠

自画像 003
特朗斯特罗姆在故宫 004
纪念 005
圆月 006
波兰之恋 008
病中想到父亲 011
为花园的积雪而写 013
关闭与敞开的门 015
死海 017
九华山遇雾 019
悼张枣 020
七彩鸟之死 023
梦中与中国知识分子相遇 024

我的混血孩子	025
腊八	026
黄梅天赏雨	027
拱宸桥的 18 种译法	029
爱情	036
理发	037
雪豹	038

金重

年龄肖像	041
悲哀星期五	042
在绿色的季节	043
紫丁香	044
献给你的歌	045
夜宿	047
颐和园	049
旷古的忧伤	051
安妮·塞克斯顿	053
木头	055
艺术家肖像（组诗）	057
给王家新的太平洋明信片	064
雕琢	066
铁锚	067
凡·高的饥饿	069
拍照	072
一百行的雨	073

给子薇的诗　　　　　　　　　　075
今夜我把忧伤藏起　　　　　　076
向我走来　　　　　　　　　　078

高兴

歌　唱　　　　　　　　　　　083
沉　默　　　　　　　　　　　084
夏　天　　　　　　　　　　　085
雨，或鱼　　　　　　　　　　086
与冬天有关，与冬天无关　　　087
雨，滴在地上　　　　　　　　088
十一月　　　　　　　　　　　089
南京，或南浔　　　　　　　　091
母　亲　　　　　　　　　　　093
高　原　　　　　　　　　　　095
独　白　　　　　　　　　　　097
光　线　　　　　　　　　　　099
你是如此美好……　　　　　　101
远　处　　　　　　　　　　　103
风景背后　　　　　　　　　　105
虚空：哥哥　　　　　　　　　107
句　号　　　　　　　　　　　109
记　忆　　　　　　　　　　　110
岳阳楼　　　　　　　　　　　112
豆豆没了　　　　　　　　　　113

少况

纸盒子	117
秋水堂印象	119
安迪·沃霍尔的四方联	121
循环放映	123
路上的书	125
散句	127
只是你的说明	129
展开，然后是事物的状态	131
被禁止的游戏	133
平行的词	135
疏离之离	137
丑时的折子戏	139
新十四行（三首）	141
突然的中断	144
你确实是知道的	146
另一种告别	148
如何欣赏蒙德里安	150
偶成	152
我们来这里的理由	154
像冬天那样了解我	156

树才

荒诞	161
永远的海子	163

母亲	165
莲花	167
单独者	168
马甸桥	170
怎样的未来	172
过去	174
刀削面	176
虚无也结束不了	179
拆	181
按一下	183
哭不够啊，命运	187
这枯瘦肉身	188
月光	190
钟表停下来的时候	191
妈妈	193
写于斯德哥儿摩	194
此刻	196
然后呢	197

黄康益

忆	201
致——	203
清明	205
最后的假日	206
玛丽亚	207
过程	209

故乡	211
四合院·春天	213
内相的形成（节选）	214
太极拳	220
旧报纸	222
梦	224
从一个地方出发	226
一分为二	228
今天晚上	231
马德林港	233
真人之息以踵	235
北京	237
留言簿	239
黑子	240

骆家

当心，拐弯的地方总是危险	245
林中，一个寒冷的黄昏	249
黄昏雪	250
心底吟唱的歌不要标点	253
我就变成了自己残缺的阴影	255
雪终于把树压得更低	257
最温柔的不是脚印，是湖面	259
"冬日黎明灰色的窗棂"	260
静物写生	262
没有出口的窗	263

灯光鱼	265
青皮	267
第五个夏天	268
那些死去的时光非亲非故	269
我们都曾有过美好的往日	270
莲（给姐姐）	273
短歌	274
死亡自拍像	276
虚构的破绽	278
南海滨墓园	280

姜山

在暮色中	285
置上	286
万物沉默	288
致巴黎	289
八月巴黎村庄	295
Le Bateau Lavoir	298
云生活	299
当离开这座城市的时候	300
外滩，二〇一四	302
Quarrel with Qiu Tian	304
溺亡者	307
Casta Diva	309
A Long-winded Autumn	311
你认出击中你的一颗子弹	313

Prélude à la nuit	315
纽约时报书评系列（二）	317
Artist of the Void	320
鱼缸	323
二次元	325
时间终于逃不过	326

李金佳

盛夏的废墟	331
楚王	332
巷伯	333
朝鲜津	334
河间	335
铁屋的汉末	336
庞德公	338
草字头	339
扬州	340
关汉卿	341
混乱的信使	343
豪杰	344
冒充者们	346
白马	348
盈满	350
河梁	351
泥屋	352
巨像之谜	353

大方里	354
黄昏的狗	356
编后记 "明亮的捕捞"与被隐匿的	358

李 笠

李笠，诗人，翻译家，摄影家。1961年生于上海。1979年考入北京外国语学院瑞典语系。1988年移居瑞典。

出版有:《水中的目光》《栖居地是你》《源》等六部瑞典文诗集，并荣获2008年"瑞典日报文学奖"和首届"时钟王国奖"等诗歌奖项。译著有瑞典当代诗选《冰雪的声音》《我必须徒步穿越太阳系——索德格朗诗全集》(2015)及2011年荣获诺贝尔文学奖的瑞典诗人特朗斯特罗姆的《特朗斯特罗姆诗歌全集》等北欧诗人作品。

自画像

脸被晒黑
他们说：印第安人！

躲进室内
灵魂低语：混血！

胡子疯长
镜子惊呼：耶稣！

剃成光头
记忆微笑：死囚！

1994.1.20

特朗斯特罗姆在故宫

行进的轮椅被威武的门槛挡住
你起身,弃下旅行装备

积满尘灰的龙椅和铜狮走来
它们向你要诗。它们需要一面照见自己的镜子

你望着它们,露出稚拙的笑
"是的,自由存在,有人拒绝向皇帝进贡……"

庭院深处,分化的日晷
发出火车穿越荒野的轰鸣

终点站到来:高墙的迷宫
无声的米粒——人脸在盲目中拥挤,消逝

2001.5.10

纪念

起早的身影，洗衣做饭的日子，毫无怨言的土地的
　　隐忍……
暮色就这样到来。暮色就这样渗进你忧郁的眼睛，渗进
把厨房当寺庙的信念："做饭，就是去沙漠旅行。"
没有你，就没一家人围着饭桌的旅行，碗筷的上车与
　　下车

当电脑启动生活，我看见你握着的菜刀如日月交替
咚——咚……听诊器里的心跳，到山顶又滚落的石头
你不知道西绪弗是谁。你擦掉脸上的汗珠，重新又
低头切菜。而我就这样长大成人。远离你，在你病危的
　　时候

2003.4.5

圆月

你倚着窗口流泪。头顶一轮金黄的月
一道圣像的光环:"我要……离婚!"

父亲手托着下巴,一声不吭地坐着
仿佛他是罗丹地狱门口的"思想者"。我

紧抓你们的手,练习吊环支撑
挂钟的钟摆是我们共同的心跳。雷声轰鸣

月又圆了。你们没离婚。你们没找
所谓的新生活。你们依旧分享着同一只铁锅

"鸟不会扔下巢里的雏鸟。人要懂得磨难
是生存的唯一家园。"你对我解释

月,又圆了。你们仍躺在同一张床上
你们,父亲和你,越来越像钟盘的指针

他是皇帝,但现在成了你细心的家奴——
我看到病房他给你喂饭时的情景:他

弯下腰,像纳西西斯对着水中的倒影
并朝屋里的沉寂咕哝:"难的——是结束!"

2004.9.15

波兰之恋

没有警察局,就不会有我们两人的相遇
斯德哥尔摩阴郁的皇宫
就不会成为我们拥吻的背景……我

边望着雪花,边想,并又一次看见你
排在我前面:一朵金色的云鬟。你
和我一样,也在延长签证。你回眸莞尔一笑

没有三小时排队,就不可能有
我们裸体演奏的那首《波罗乃兹》
克拉科夫和上海就不会叠成同一个雨夜

没有雨夜,我就不可能品尝你
从贫苦家乡波兰带来的咸涩的罐头肠
喝到那满腹哀愁的伏特加酒

没有伏特加酒,你就不会在瑞典的医院
打工,深夜回家。我就不会在半夜两点

同你做爱,梦见自己被波罗的海铁色的波涛吞没

但你,我美丽的黛安娜,你为何
不停地抽烟,盯视那间租来的房间的柜子?
我不喜欢和我亲嘴的女人抽烟

你不抽烟,你不抽烟,我们就不会
冒着大雪在维斯瓦河畔长时间散步
那只天鹅就不会像天使那样飞来。我们

交谈。用蹩脚的英语。我们紧抱在一起
仿佛只有这样才不会被空虚带走
但尖叫声把我们拆成两道母语的铁壁

玛丽亚教堂沉重的钟声就这样敲响
敲落新年的夜晚,漫天的飞雪
我们随唱诗班的歌声在燃烧的烛光里飞舞

"留在这里吧!"你低说,眼含泪水
而我像木桩一样僵直地站着。波兰语
太苦,我逃回200年没受战争蹂躏的瑞典语

卡拉科夫的中央广场。阳光。五月

多年后,我旧地重游。一个熟悉的背影!

我大声喊她。她回眸笑:"我不是安娜。我是玛丽!"

2005.5

病中想到父亲

你是否也这样躺着？在晨光里，和扩散的癌细胞
你翻身，剥一只橘子。天下着阴冷的雨
你看见月亮在挖你体内的墓……

我翻身。剥着橘子。我多么希望孩子能走入
并听见"你好了吗？"的稚嫩的声音
他们没有走入。他们从地下室
一直跑到阁楼。他们在捉迷藏。笑声从门缝挤入

你凝视墙——那是你生命最后的一夜
"父亲死的时候还一直在等你！"姐姐说
那时，我正在红海一月的沙滩上，躺着享受瑞典的
夏日阳光

2009.1.20

full moon of narcissus

纳西丁斯的圆月 Jone Guo 9/21/2017 金重

为花园的积雪而写

被墙挡着,才幸存到今天
发硬,不再有飘坠时的
鲜美。一张变粗的皮
铺开一个衰老女人的悲哀。你

望着我,绝望地。哦你是
第几场雪?我无法说出
第九和第八场雪的差异
冷,叠在一起。指针返回 12

我来回踩着。用昨日的姿势
而你却无动于衷,不再
呻吟,或者愉悦地歌唱
脚印模糊,难辨。啊,厌倦!

那么回到第一场雪,消失的
时光?那时,我一边踩
一边欣喜地望着酥软的雪

从深处呈现形同镣铐的诗行

你在唱,像潮湿的海滩
对着光赤的脚。仿佛唯有
如此,你的飘坠才有意义
"看,生命在裹尸布上签署合同!"

2009.4.2

关闭与敞开的门

推门已为时太晚。门露出其真相：墙
焦灼。我的命在屋里：今天必须交付的稿子，将到的
 长途电话……

我不在这里。我在多年前的一个春夜
一声柔软的拒绝里："你是个好人，但我不适合你……"

反省：这是换衣时出现的正常现象
或者：钥匙老放兜里所以忘记了它的存在

但门有一颗复仇的心，它让我变成热锅上的蚂蚁
我必须在开锁人到来前消磨这下午！

我绕屋子走动（像卫星绕着地球旋转）
所有的窗都关着。天窗也是。梯子已无济于事！

一条小路从远处走来。我冬天路过的冰海

闪现：一片六月阳光里舞动的宝石蓝火焰："我一直在等你！"

2009.6.6

死海 [1]

从表面看，这片海
     与其他的海并没什么差异：一泓
微笑的蓝，等待你进入。她的浮力
是许多人追求的幸福：在温软上躺着，美妙地阅读自己
很多人用她深处的黑泥抹身，虔诚，像个祈祷的病者
长癣的脚发痒。我于是步入水中……
我浮起，像残墙上一只移动的蜥蜴
我不会潜泳，因为这样做眼睛会流泪——肉体太脆弱
经不住深处最温柔的一击。我庆幸
进入了她——由于蒸发，这海很快将不复存在
我，我的身体，在这里总斜成小时候练习本上的"人"
而荡漾时又让我变成"大"
如此自然，就像婴儿霸占母亲的乳房。失控地叫
让我学会如何背对我置身的海水——面朝天空

---

[1] 死海为内陆盐湖，位于以色列和约旦之间的约旦谷地。死海海水含盐量极高，是普通海洋含盐量的 10 倍。由于盐水浓度高，游泳者极易浮起。

眼睛才不会受伤,流泪。而俯卧,嘴
对着海,你就会失去平衡。你在流泪。你尝到了深渊的
　滋味

2009.11.20

九华山遇雾

十米以外你就看不到想看的风景了
我也在雾中。香火
叮当作响,把世界铸成一尊肉身金像
未来:下跪,磕头
海啸声涌来。一个不信佛的人
双手合十,而另一个——老和尚
眉开眼笑,数着美丽的钞票
我们在和尚与金像间拥挤
而这之外:雾。雾说:"有,便是无!"

2010.4

悼张枣

浮云坠成雨滴,是否意味漂泊学会了宽恕?
你出国比我早,回国也是
两个方向,二十个春秋
匪夷所思,就像一夜间长出田野的银行大楼
时间,不,时代
玩弄着我们这代中国人,器官的压抑,青春的狂想……

你抽身离去。你的死,无非也只是一声
万古愁的唏嘘:死亡
是遍布的地雷,看谁的脚最有运气!

我们见面不多。每次几乎都谈诗歌:"特朗斯特罗姆
是我崇拜的诗人。他最值得借鉴的地方
是意象精准,中国诗人
缺的就是这个。"
你抽着万宝路说。我暗自佩服——这是头一回
我听一个中国人这样说
而我发现:你那湘江般圆润的诗行

似乎也受到这位硬朗的北欧诗人的影响
"天气中似乎有谁在演算一道数学题
你焦灼……你走动,似乎森林不在森林中
松鼠如一个急迫的越洋电话劈开林径。听着:出事
　　了……"①

是,出事了。
那是02年冬天,上海衡山路的一个酒吧
我们谈论中国男人和西方女人,谈论他们的婚姻
"这些婚姻注定会失败!"你说
那时,我刚好和一个瑞典女人结婚
我反驳,尽管我理解你的意思:一只
封建社会的蛤蟆,再好,也迟早会被优雅的天鹅唾弃

我惊讶于你吸烟的凶猛,也惊讶于
我,一个不吸烟的人,一晚上竟也抽了半包
是的,在一个人情社会里
香烟是和谐(麻醉)痛苦最好的妓女
你一根接着一根抽着,似乎只有这样
才能变成梦蝶的庄子
你抽着你的焦灼,夜的中国,抽着

---

① "听着,出事了……"这段引文,摘自张枣的《在森林中》。

对德国两个儿子的思恋——烟，是唯一的祖国

最后一次见面。2009年4月的一天。黄珂家

你脸阴沉

说话像个祈祷的犹太人面对哭墙

(你并不知道香烟——祖国——已烧毁了你的肺)

"这里仍是片文化沙漠！除了灯红

酒绿，还是灯红酒绿。但天天洗脚又有什么意思啊？"

2010.5

七彩鸟之死

它站在自己天天站着的地方：一根插在笼子
腰部的细木，把头埋进翅膀。一截妖娆的彩虹
起初，我以为它在睡觉——睡觉，它也是这模样
我用手轻碰笼子，它慌张地迅速拔出
深埋的脑袋，睁眼看了世界一眼。然后把头
又埋入翅膀，像悔恨时用手捂脸的我
整整一上午它都如此。哦，它不会因为饿
或渴而变成这样吧，我自语。装着水和米的瓷碗
并排摆在笼里，完美，就像家成业就的人生
一群麻雀争抢着它洒在地上的米粒
叽叽喳喳地飞起，飞入泡桐树茂盛的树冠
它病了。它正在死去。但，它为什么遮脸？
厌恶？后悔？不想面对笼子？它在哆嗦
天黑了下来。它跌倒笼子的底部。脸朝上，翅膀叉开

2010.5.20

梦中与中国知识分子相遇

我的心浮出水面
张成荷叶。超脱!

风吹起。荷抖动
抖出半夜为皇上挑灯写鉴的
司马光;隐居江南
四处嫖娼的唐伯虎

达,则兼济天下
穷,就自己好好地过

泪雨倾泻。佛面
——闪耀——"我有
看山是山的招数!"
声音回荡,化作缕缕香火

2010.10.1

我的混血孩子

他们挨着脑袋在看电脑里的英语动漫：一个金发女孩
在同其父母争辩。她拒绝他们逼她学汉语
我多么希望他们能背古诗：比如"柳暗花明又一村"
但我知道他们会拒绝，就像他们拒绝写书法
我多么希望他们能相信"人之初，性本善"
但他们说人生来就有罪，是恶的
"要不然怎么会有这么多战争，恐怖袭击?!"
他们在学功夫，好像生来就知道"居安思危"
他们对打。把妹妹维拉击倒在地上后
西蒙笑着说："不过遇到子弹，我也只能是一命呜呼！"

2014.4.6

腊八

你看到你见过的雾霾

你开窗

天空很近,很低

你伸手去摸。冷

几只鸟影一闪

天空发白

抖落斯德哥尔摩密集的雪花

你躺回原处

像打针后的病人

继续阅读

棺材连着棺材向天边呼啸着奔跑

没有雾霾

2014.5.3

黄梅天赏雨

你必须学会欣赏这喧嚣的雨滴,就像
你独自站在波罗的海望着中秋明月
你应该理解这些弯折的身影
它们在吞噬一切的雨中显得多自然

一张水网在猛烈抖动。用北欧
冬天的黑暗套住你,你狂野的乡愁
一切都在癫晃,喘息,默默挣扎
车在拥堵中尖叫。但梧桐树

仰天大笑,跳着性感的伦巴
水洼挥霍着你写诗时不再使用的句号
隐忍在地上写着被践踏的经验
碰撞的伞比手机孤独。它们在接吻

你喝着咖啡,想与眼前这片飘洒的母语
与人影融为一体。哦,这是清晨
买菜的母亲,那是黄昏回家的父亲

他们已离世。不，活着。他们总这样焦虑！

闪光的母语！我曾逃离它——但此刻
闪电划动的一霎，我突然自语
像对着斯德哥尔摩的飞雪："这是你
生长的地方，你离开它是为找到你自己！"

2015.7

拱宸桥的 18 种译法

1.

好像来过……是这模样吗?
是,有些意外,就像你
熟悉的历史突然亮出一个完全不同的版本
错译是谋杀
这桥真美!你渴望从它身上走过
你想把自己译成七夕穿越鹊桥的牛郎

2.

坐在桥边喝茶
必须喝茶才能译出这里曾有的"红单满手乱寻人
酒楼茶园到处分"的景象
我喝着茶。我坐在宣统元年的机遇里
庐墓和桑田错杂的旷野
已变成灯红酒绿的"小上海"
西方不断驶入这里

400年的拱宸桥被译成欲望与理解,宽容与拥抱

3.

商人挑夫船民渔民名人雅士
沿着运河一路过来
他们把拱宸桥译成机遇,把岸译成茶馆和青楼

4.

没有拱宸桥,未来会虔诚地眺望往昔
有了,世界就连成一对在欢爱的男女
"彼岸"因而被译成"此岸"
这是直译。此时的镜子找到了别处的你

5.

但为何叫拱宸桥,而不叫平等桥?
天注定的吗?
与蚂蚁一样忙碌的人影在桥上消失后
我看见一个撑着雨伞的丁香蓝女人
仍默立桥上。一个梦
她把拱宸桥译成了"渴望""家"

译成了"屈从"和"忍"

最后,离去之时,她把桥改译成《等待戈多》

6.

"我喜欢这座桥

看到它,我就不由自主地兴奋起来

像回到了家!"

这真诚的表达被停在树上的鸟译成了:"根"

7.

一个欧洲人看到拱宸桥的惊喜

和我看到的惊喜是不同的惊喜

这是两种不同译法

或理解。威尼斯被他译成了西方的苏州

8.

每次从桥上走过,都是一次翻译

每次打量桥身也是翻译

坐在桥上看船经过的人

和站在船头注视前方的人

是两种语言述说的多种生活
但流水把它们都译成为"拱宸桥的瞬息"

9.

一条河的终点
可译成一条命的终点
拱宸桥可译成墓冢

10.

桥望着落日。建桥者已逝
而死去的豪宅等待死灰复燃
把自己译成当代语言。妓女变成了小姐

11.

有些东西无法翻译
啊,翻译中丢失的东西!
你可以把拱宸桥译成"恭候皇帝"
但它真正的寓意是:跪着,当一个奴隶

12.

从桥的一头走到桥的另一头
桥才真正诞生
这就是"翻译"
站着,站在桥中央
无疑是最好的翻译:你看到桥两头的风景

13.

看到"舒羽咖啡"
你不由闻到了刺鼻的臭豆腐气味
你相信"咖啡"强化了臭豆腐的方言,或相反
这是翻译的意义

14.

千年的漕运把空翻译成满,把满
翻译成:空
船去了又来,带着空和满
每次驶过,桥孔就会涌溅同样空虚的水泡

15.

一只运煤船流畅地穿过桥孔
（船舷离两边的桥墩只有四五厘米！）
仿佛在海上行驶
仿佛桥孔因它的到来而自然膨胀。这是另一种直译

16.

翻译诗中的语气很难
坐在雨中。喝茶
坐了一天
拱宸桥下的流水时而把自己译成春秋
时而又把春秋译成明清
我听见黄河在我血管里喧响

17.

但每个人都在用自己的方式翻译
形同戒指的桥孔被你译成"婚姻"的时候
被落日译成了"彩虹"

18.

深夜。冷月下拱宸桥拖着沉重的身子向我爬来
"我既不是'婚姻'
也不是'彩虹'
我是你生命的奥秘,一部不停修正的《孤独者圣经》!"

2015.10

爱情
　　——读拉金《日子》

爱情有什么用？
爱情是可以用来滑翔的翅膀
它到来，唤醒我们
一次又一次
它要我们乐在其中：
除了爱，我们难道还能活得更像神？

哦，弄懂这个问题
招来了语言和痛
它们身穿云朵
在荒野坠成雨滴

2016.6

理发

我爱这个给我理发的捷克女人
她的手如此地轻,像蝴蝶
扑扇一朵裸露的花朵,又像
圣母搂着浑身是血僵硬的耶稣

她不停地梳着。我忽然感觉
我是一片夏晚清风吹拂的草原
我舒展,用风吹草低的姿势
并想到哀叹白头搔短的杜甫

我庆幸仍有这么多头发,尽管
花白,但保存着往昔的姿态
她细心地剪着,就像我在译诗

推敲!一束发丝一诗句。我们
素不相识,理发又是如此地枯燥
但她细心地剪着。做女西西弗斯

2018.8

雪豹

它猛地抬头，咧嘴，发出尖利
长长的吼叫，两眼迸射火焰
愤怒？恐惧？它重新又趴下
安然，仿佛回到溪谷，或皑皑雪原

不是图片上你看到的模样——
傲立雪峰，威视远方
它趴在地上，竖着耳朵
浑身脏土，依偎铁栏。它

不再跳跃——笼子不允许
这样。哦，让它拒绝饲养？
摆脱枷锁？穿越广袤的高原？

它趴着，一动不动。毛色
与尘土混为一体。只有
忽然的吼叫，证明它，雪豹，活着

2018.8

金
重

金重，原名郭钟，1962年12月生于哈尔滨。1986年至1989年就读北京外国语学院英语系，获英美文学硕士学位。1991年12月移居美国加利福尼亚圣地亚哥至今，生活在美丽的"幸存者村庄"。

1988年，翻译布罗茨基的作品并发表于《世界文学》。1989年在《当代》杂志发表诗歌处女作《年龄》。20世纪80年代开始翻译中国诗人作品，他是多多、王家新、莫非和贝岭等诗人作品在国内最早的英文译者。2014年出版诗集《在早晨这边》。2017年在美国成立"幸存者村庄书局"，并编辑翻译出版英文版 *The Caravan: Contemporary Chinese Poetry*（《大篷车：中国当代诗选》），收录29位中国当代诗人作品。

年龄肖像

天空
由于玻璃的过滤
而纯粹

她安坐着
把百合花瓣收回盆内
旧式梳妆台
微微发亮

她坐着
镜内蒲公英在飞扬

1987

悲哀星期五

雨滴,在绿叶上闪烁
一阵阵清风袭来,将它们
洒在我的身上
我久久地坐着,知道你
一定会回来……直到你
纤细而微凉的小手
悄悄从身后伸来,遮住了
我的眼睛

我没有动,我多想
在这失明的时刻哭泣……

1988

在绿色的季节

在绿色的季节
你问:什么是诗?
暴风雨
洗礼着无际的平原

在岸边的船上
你问:什么是诗?
鸟,穿越空中之桥
飞向对岸

在深夜的灯下
你问:什么是诗?
我的故乡只有彩虹和秋天

1989.12

紫丁香

丁香，丁香，
你为何
偏偏要在这个季节开放，
不管我的心，
是喜悦，还是悲伤？

丁香，
你小小的、淡紫色的十字花，
千万不要开放在
她的衣裙上！

1990　哈尔滨

献给你的歌

那是你吗？灰色的小巷
蓝色的背影

傍晚的西单，橙色的街灯
沿着春天的白杨，一串自行车铃声——

那，是你吧？清晨就是凉风吹动的青草
坚果落地，让人心惊

那，是你吧？阳台上摆动的花裙
书桌上的彩笔，信封

林荫路上，那低声唱出的歌：
"只为你的手指，只为你的眼睛"……

那，是你吗？思念的红芙蓉在半空开放
港湾中彩色风帆升起，静止无声

还有:"别为我哭泣,阿根廷"
那,是你吧?……

你说过:果实,是阳光中的雨
最美的语言,就是无声的眼睛

你扬起手,野鹅就从湖上飞起
你停住脚,便融入传说般的风景……

是的。那,就是你。要忧伤,忧伤就来临
要快乐,快乐就在心中

想起你,你就出现在眼前
和你交谈,时间便无踪影

是的。那是你,那就是你:
在今天,在这午后

当我穿过魏公村,看到
黄花开放,秋天来临

1991　北京柳巷

夜宿

夜。灯光下
一只沉默的虎
卧着

太平洋饱含黑暗
像是世界的边缘

城市,如唱片
从一教堂尖顶
缓缓展开它的星火
和错落的离别故事
风笛,带来远山上
暗暗的雷声

音符:她的眼睛,嘴唇,手

水,联成宽大的帘
从四周的玻璃墙流下

上帝,带着悲哀
活着

1993

颐和园

多么熟悉的名字
十八年了,你的容貌依旧

环绕你,有走不尽的回忆长廊
这春天的翠柳
像是长发垂在你清秀的脸庞

到处都是美好记忆的倒影
白玉石桥那明亮的桥洞
若十八个岁月:纯净,空无
偶尔有一对情人
划小船穿过

一只红蜻蜓落上我的臂膀
它,一定是神派来的使者
我注视波动的阳光穿过水面
向着心,书写温暖的孤独

没有风。只有静止在古老屋檐的风铃
我轻声捧着
这饱满的一湖春水
生怕它，会从边缘溢出……

2007

旷古的忧伤

冬天远去
拭去了最后一滴泪

从一座忧郁的山边驶过
又是一座石山,横在眼前

盘山路,流淌着耀眼的晨光
被固执的流浪者
认为是河流

黑色大地仿佛全都被野火烧荒:
枯叶与火焰纠缠
同时化成了蓝色的幽灵

这是旷古的忧伤
它穿越了死亡之门
展开到大地和天顶:

风沙,一路上打痛了柳枝
打发了芽

2007.4　哈尔滨

安妮·塞克斯顿

这个国家并不存在
在生与死巡回转换的巴氏德定律中
疯人院,只是一个
被提走货物的集装箱
而医生,你必须是一盘
被拧着倒着转的钟

屠杀,这一字刚诞生
就被我一笔勾销
而暴君,还没形成面孔
就被清除

于是我唯一的事情
就是继续敲打这台打字机
让黑色的字母
在白纸上出生入死
死亡?它就是这盏白灯泡
我写。它彻夜通明

别以为我要流泪

即使要流,流的也是纯正的红

那久远的天崩地裂

凝聚成如今从容不迫的宝石

点缀在这双乳之间

我是女人

我是爱与性交融的火种

遇到拨动

瞬间便大火熊熊

这就是我的宗教。朗诵

在这失去了屋顶的大房间里

在这已不复存在的国度

我的听众是风

是那些怀着爱的苦难灵魂

是那七面旗帜

七种颜色飘扬

2007.7　亚特兰大

木头
——给李艳玲

这是你的名字。我怎能
用它画地为牢
或在桌案上,苦苦寻求
暗淡的火灼伤我
五月,为何这么热

他走了。不要悲伤
因为他爱过
马灯闪动的光,偎抱着圆木桩
离开村庄一步,就是荒凉

你的房间里有水
和无人注意的旧物
而记忆,一直生存到今日
如黑暗中成长的珍珠
我品尝这陶罐里酿出的危险的毒

雨滴跌落
令人马上想起一个死亡的初夏
和在那之后漫长的复活
就如同一个不可置信的
野性纪律：
绝望，但充满能量

你的眼睛来自古老的河流
它流动，你却不动
它日夜流动，你却不动
多么致命

2010

艺术家肖像（组诗）

1. 弹洞

不要这样惊讶地盯着我的头
那个弹洞，是虚幻的
我只是这博物馆里
一件落满浮尘的雕塑品

闪光灯频频闪亮
让我想起，这里一个个
若闪电般短暂的白天
把黑夜切成铁片
我的眼睛却已化成石头
它们呆滞的眼神
只朝着一个方向
不会躲避

末日酒吧里黯淡的光
正适合你们坐下

谈论这作品大师的风范
"什么子弹打的,这么大的洞"
你们不知疲倦,我更没有

但不要期待我能讲出什么
那个弹洞,从双眼之间穿了过去
代替了记忆
因此,天晓得那过去发生了什么
就像你们睡梦在另一个世界的时候
大海的夜潮袭来
卷走了所有石头的头颅

显微镜,放大镜
检查我的无病
你们决定吧,把它放置广场
或继续紧闭在博物馆
那,是你们的事情
代表整个社会神经的健康
你们达成一致
又多了一个闪亮的塔尖
让历史的天空承受

我的肺叶和胃,早被注入泥浆

就像所谓那个"过去"和这个"现在"
比彻底被粉碎了还要虚无
而未来,那就是明天
你们惊愕地看着它从地平线逼近
旋转,驱赶着阴云的残片
如同一个巨大的空洞

2. 泥

捧一碗井水,像用双手
捧着你的脸

堆一堆黄土
若隆起你的乳房,或一座小小的坟

用手指挖开土尖儿
慢慢倒入水
若时光在倒着流
而耐心,把它合成了泥

塑造你,从头开始
把你的短发加长,一直到双肩

塑造你的脸庞

让你更消瘦些,皮肤不再细腻

精心雕琢你的唇

用冰冷的钢片

给它一个最轻最轻的吻

塑造你的双肩,一定要让它

拥有一种被抚摸时的姿态

塑造你的乳房,让它比以往

略大一些……

专注,再专注

不能轻狂,却需要一种

镇定的激动

像把稳方向盘径直进入

收割一大片麦地

像爱的流星,安然从地球边擦过

专注,最后塑造你的腿

不必过于修长,却有着自信和迎合的姿态

然后画龙点睛

在小腹的最下端

勾出大腿合并时最优美的曲线

3. 忧郁症

突然一下没有了别的颜色，只有
黑色。像夜，或盲人的白天。
你看到的都是黑色，包括
闭上眼睛的梦。
没有，没有别的：
一间画室，也是卧室，也是饭厅，
一间你自慰的病房
但他们也都是黑色
凌乱，疯狂
若音乐，舞蹈，奔淌的
根本不用多深的河
树木的头发被风揪着
草，拔着土地，土地疼痛
就蠕动成山坡，沟壑。
没有，没有别的颜色，只有
黑色，不断从你的笔下流淌
挽救我！拥抱我！
就像是死了亿万年的石头，因为活了
而止不住哭泣。就像

被痛彻心扉的缪斯
一脚踏破的甘泉

2012—2013　加州

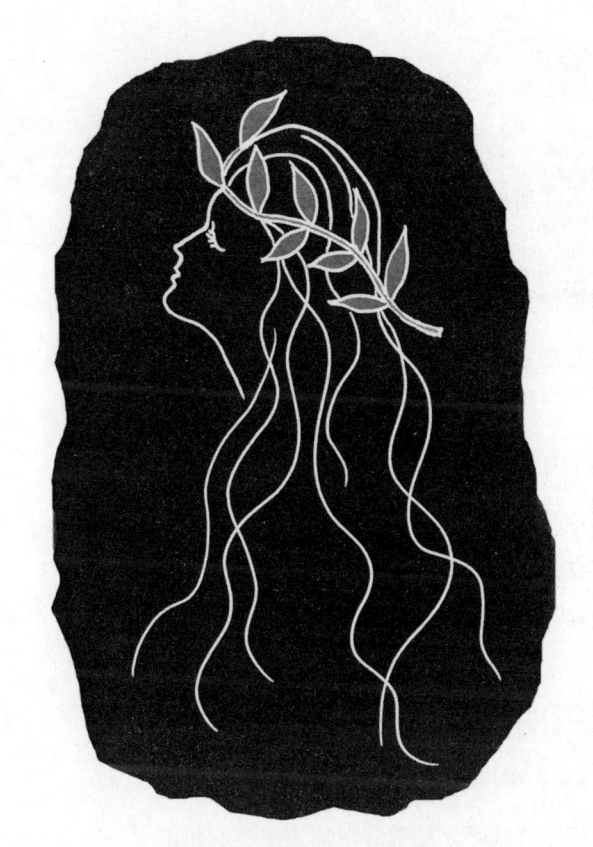

Muse Wearing Nine Leaves

戴桂枝的缪斯 Jone Guo 7/25/2017 金重

给王家新的太平洋明信片

一张单薄的明信片,与后面的景色
有着二十多年的距离
但依旧是白沙滩,蓝天,和右上角
印着的字迹:华氏 71 度

整个夏天,所有的都逆着太平洋而来:
我,冲浪板和比基尼,吉他和狗
来自世界各地的游客
包括朝向大海的房屋,空椅子

酒吧里依旧是爆满的人群
(门外,还排着长队)
他们赤裸欢呼,享受着把耳朵震聋的快乐
庆祝的仍然不知是开始还是结束

印度之星停靠在停车场边
收起的帆,是一百个下垂的乳罩
她闭着眼睛,让人们任意践踏

她百余年的躯壳，冥想着失踪的船长

入海桥远远地插入海洋
上面是人们称之为做爱旅馆的小屋
吃吧，孩子们，孩子的孩子们
我对着海鸥大喊，挥手抛出一大把面包屑

当夜以它的黑取替空间
我真的无法回答，它究竟是从哪里来的
那些巨浪排山倒海却毫无声响
等你在岸边看到时，已经崩溃

2013

雕琢

午夜
你睁开眼,掉下一块儿泪
像破损的钻石

你的梦,也掉下一块儿
如眼前的
一团光

你的心,也掉下一块儿
叮叮
落地像一块白银

2013.9

铁锚

一只巨大的铁锚

不知何年何月

抛在了这片海滩上

生满铁锈

覆盖着陌生人的姓名

和无人看懂的涂鸦

夕阳中

它成为海滩上唯一的逆影

如同一只大鸟

被割断的利爪

好像因为疼痛,爪尖

深深陷入泥土

如今它在哪里徘徊

如今它在哪里栖息

是否由于悲伤

它才不会回来

永远不再回来

看这大海

此时全都变成了红色

没有了彼岸

2013.8

凡·高的饥饿

瘦骨嶙峋的人

双眼如同深井

四肢如同椅子腿

还有那张残缺的脸

你连饭都没吃

怎么会有这样旺盛的精力

就连树都长出了

比去年还多的枝条和叶子

还有那麦地

也多出了一大片

是你用饥饿喂了它们

还是它们把饥饿塞满了你的胃

星期天过去

星期一是一片空白

你带着帆布画框

走进那块麦地
由于彻底的饥荒
它已变得金黄

天空也在饥荒
荒得只留下
半桶风干了的油漆

饥饿——
饥饿就像你的单人卧室
饥饿冒出一堆木头

小镇就在山下
山下教堂里有面包
妓女那里有面包

可你这里没有。你的盘子里
就那么两个瘪洋葱
你还得先把它们的肚子画圆

黄昏也昏了，像老妇人挖地

一半麦田已被镰刀割倒

另一半，变成了哑巴

加速的失明中

一大群乌鸦忽然飞起

定格在黑暗的天空……

2014.4　南加州鲍威小镇

拍照

风吹着
旗帜飘着

穿金纱裙的小女孩
站在绿草坪上

她伸开双臂
向爸爸喊：

在我仰面倒下时
把我拍下来！

2015.10.6

一百行的雨
——给潇潇妹妹

一滴雨落下
空中,划出一条线

又一滴雨落下
空中又划出一条线

潇潇说:
写一首诗给妹妹吧

我说:好的妹妹
我会划出一百条线

不多,也不少
就把这一百行的雨送给你

这就是一片

美丽的浮世绘雨景

这就是你的名字啊
我的潇潇妹妹

2016.10.7

给子薇的诗

蜜蜂在我耳边的薄荷花上低语
白蝴蝶在我眼前的李子树上跳跃
一只绿蚂蚱,落到我的脚上……

我美丽的斯洛文尼亚
我的小花园,上午的阳光洒下
这比金子还贵重的阳光
到处都是
姐姐,我写这首诗,给你

2016.7

今夜我把忧伤藏起
　　——给金子美铃第七十篇

今夜我把忧伤藏起
像把一件旧物包好
装入盒子

一件旧物
略带一些伤痕
但干干净净

穿上给新年买的
一身新棉衣
戴上厚厚的帽子和手套

是的，我把自己装了起来
随后出门——
到漫天落下的雪里

从路灯投下的光圈里消失
从黯淡的街角消失
不要问——"你去哪里"

没人知道我走进了大雪
我也不会去见任何人
今夜，我把忧伤好好藏起

2015.12.31

向我走来
　　——给金子美铃第七十五篇

我向一棵树走去
一棵树向我走来

——真是这样的!

我向一块岩石走去
一块岩石向我走来

——真是这样的!

我向一座房屋走去
一座房屋向我走来

——真是这样的!

我向你走去
你微笑着，向我走来了！

2016.1.28

高
兴

高兴，诗人，翻译家，中国作家协会会员。出生于江南古城吴江。1979年至1984年在北京外国语学院东欧语系学习英语和罗马尼亚语。1984年至1987年，在北京外国语学院研究生院学习。现为《世界文学》主编。

出版有《米兰·昆德拉传》《布拉格，那蓝雨中的石子路》《东欧文学大花园》等专著和随笔集。主编有《诗歌中的诗歌》等大型外国文学图书。2012年起，开始主编国家出版基金资助项目和"十二五"国家重点出版项目"蓝色东欧"系列丛书。主要译著有《文森特·凡高：画家》《黛西·米勒》《安娜·布兰迪亚娜诗选》等。

曾获得中国当代诗歌奖翻译奖、中国桂冠诗歌翻译奖、蔡文姬文学奖等奖项。

歌 唱

在幽暗中，在雪
始终没有飘落的冬天
旋律回荡
可礼堂已经空空荡荡

歌者，站在舞台中央
索性闭上眼睛
继续歌唱
仿佛在为自己而歌唱
或者，在为歌唱而歌唱

谁知道他的柔情
他的期盼，他的失落
他内心深刻而又无言的忧伤

2004

沉 默

那么,我只能沉默

夜让夜本身失去了形容

水在屋顶演奏

冷风吹动,时间的笑

从阳台传来,温柔中藏着疼痛

不,就连疼痛都值得怀疑

存在总在一米之外

哪里还敢谈论什么虚无

关上窗户吧,别再迟疑

难免的怯弱无意间

会成为最大的英勇,就像鱼

就像树,就像花的背影

就像光的微笑

这世界有太多的东西

超越言语,你只能沉默

2006

夏天

眨一眨眼
夏天过去了
在灯绳和书页之间
迟疑的手已经无法迟疑

豆豆在叫,一些碎片,几张便笺
什么也没写,空荡荡的
什么也没来得及写
白的纯净和晕眩
像七月正午的太阳

唯有水的幻觉
让你潦草地相信了季节的真实
没有根本的真实,超越一切的笑
总是浮在空中
时间和梦
就在这上上下下中摇来晃去

2007

雨，或鱼

蓦然
雷电一闪
雨变成蔚蓝、透明的鱼
纷纷扬扬飘落

地球上
一些人惊慌失措
狼狈逃窜
另一些人激动不已
张开手臂

我眨眨眼，随后连声高呼：
瞧，天空在做梦！天空在做梦！

2008

与冬天有关,与冬天无关

字,一个个写上,又一个个抹去
痕迹还是留下了
雪的深处,是树,是海水
是马蒂斯的手,点燃蔚蓝的琵琶
西施在空中舞蹈

忽然,风被照亮
马群惊醒,粮食陷入想象
始终的窗口旁,渐渐升起的壁炉
用解放者的姿态
为夜晚开辟出通向远方的路途

而此时,所有这一切,已与冬天无关

2008

雨，滴在地上

雨，滴在地上
成为两个脚印，神谕之果
仿佛毒汁和蜂蜜，同时渗透血液
彼此热爱，又相互折磨，提炼出粮食

那棵树，被酒浇灌，总在深夜暗长
挥一挥手，把天空当作了村庄
而那些叶子，像未完成的呼吸
总想要替代雪，飘舞着
融入光和根，向三月三的江南致敬

2008

十一月
——给松风

转过身来
我看到兄弟在呼喊
光穿越夜色,风的手
挥舞一个个瞬间

你怎能离去。影子在撞击
水在战栗。麦田在轰鸣
你怎能哭泣
白玉兰在床头致意

吃螃蟹的时节
我们坐在桂花树下
面对松林,喝着黄酒
一遍,又一遍
温习民谣和方言
一遍,又一遍,拽住童年

把城市挡在山的那边

十一月,暖和得令人伤感
记忆停滞不前
一粒米陷入想象
一壶茶敞开情怀,却总是语无伦次:

南方,兄弟;兄弟,南方……

2008

南京,或南浔

宿命的芬芳
打通子夜和午后的隔墙

妹妹站在田垄
苍鹭从湖面掠过

黄酒浸润的南浔
有只手正抚弄古琴
醒了又醉,醉了又醒

三月三,藏书楼
是什么在无意中摇曳

书生临窗静坐
和一个人谈起另一个人
泪流满面
而那时,花不断地开着
雨不断地下着

泪流满面,挡也挡不住
哪里还用得上油纸伞

2008

母亲

该添衣裳了
千里之外,母亲说

这句话
母亲已说了几十年
一到秋天,就说
无论我在哪里
无论我多大年龄

像默契,又像仪式
年年,我都等着
母亲说这句话,
等着帮母亲,也帮自己
完成一项温暖的事业

每回听到这句话
我都会眼眶一热

都会忘掉所有的言语
只是不住地点头:晓得了,晓得了

2008

高原

一步,一步,登上山坡
仿佛高原上的高原
一伸手
就能触摸到天穹

仿佛一半是天,一半是地
树在云的身影里生长
天地交融
充满了神谕,却难以察觉
你不得不闭上眼睛

仿佛光在瞬间架起梯子
呼吸听从水的命令
花朵还没开放
果实已散发出芳香
星星的村庄里,雪抹去边界
黑马奔驰,一回头,便是宿命

2009

soliloquy

独白 Jone Guo 9/2/2017 金重

独白

所有的人都已离去

天空巨大的背影
投向高原
仿佛一汪泪水
在气候中变幻着各种颜色
语言的柴火,被弃置一旁

所有的人都已离去

马儿卑微的咀嚼
陷入虚无
仿佛一个镜头
用光和影呈现着万千假象
生存的底线,被遗忘摧毁

所有的人都已离去

只剩下悬崖,草,藏羚羊
空气中涌动的问号
只剩下那声音,时断时续
仿佛雨打树梢
发出最后的动静:所有的人都已离去

2009

光线

还没来得及对准镜头
那景致
便消失得无影无踪
云飘过,山顶暗淡
留下空白
秋天,带着水果的忧伤
躲进落叶

金黄,只是衰败的预兆
脆弱得经不住一场细雨
刺穿梦想
村庄在冷风中失眠
用犬吠打发一个个钟点
坐等黎明

京剧唱段中,古道敞开
太阳照常升起
仿佛又回到原始

可植物总在提醒：
赶紧走吧
光线叛变，世界早已面目全非

2009

你是如此美好……

"你是如此美好,
望见你,仿佛望见一声祝福。"

面对天池,我用心说着
这句话,反反复复,从下午
到傍晚。静,渐渐围拢,

月,已从水面升起。
我还在等候什么?
一缕光,一个瞬间,抑或一道神谕?
水的那边,那些未红将红的叶,
只需一阵风。它们也在等候。
仿佛天地的默契。不,此刻,
天地就是一场等候,
最伟大的等候,让万物做梦,
让水融入光,舞蹈,并吟诵。

我在等候中等候。我在等候着等候。
因为,你是如此美好……

2010

远处

一个声音
就能把远处拉近。或者一滴雨
仿佛某种提示:动和静
或者早晨的空茫
你用油菜花和风将它填满
或者桥边的船。等待
风景与风景的对接。梦和灵魂
肯定在飞。而你在走
就在水边,就在田埂上。或者
三清山的峰顶。光躲藏在雾里
融入紫色的基调。那么多游客
涌向同一块石头。你却走开
远离女神和膜拜。或者雨后的
微寒。季节在测试你的温度
或者婺源之夜。所有的星星
都有着一个名字。新茶端上
酒杯举起。一个孤独者醒着

一个幸福者入眠。一个声音
就能将界限抹去

2013

风景背后
　　——献给昭苏草原

风景背后,那老妇端坐,如一尊
泥塑,干涸的泪融进土里,触动
几粒种子,唯有目光还在
挖掘,茫然,却又执拗……

顺着那目光,我们看到,
曾经的青春和不曾经的爱情
在阵阵的回声中枯萎
连同记忆,连同梦,落叶般飘零,
风吹雨打,最终化为
一些叫得上名和叫不上名的花儿
用最卑微的芬芳
装点着世间最香的边境

我们看到,那么多双手伸向高处,
擦亮天空和星星,擦亮

游客的惊奇,再缩回
草原深处,唯恐皲裂的皮肤
和粗陋的青筋会损坏
薰衣草营造的形象。而不远处的

河水,似隐约的哭泣,一刻不停,
翻山越岭,为一代代的牺牲
吟唱安魂曲。风景背后,松拜
像一首暗藏针尖的民谣,
叩击我的心扉,又刺痛我的骨髓

2013

虚空：哥哥

那虚空其实一直在扩张
在节日的门槛终于
扩张到压迫心脏的地步
那虚空其实就是天空
充满你纵身一跃的背影
如此地沉重，像座大山
悬于头顶，同时又单薄得
能被一缕风刺穿

哥哥，我的哥哥……

此刻，那虚空其实就是
不过也得过的年，就是酒杯
举起又放下，就是夜色一次次
被烟花和爆竹点亮，我却怎么
都看不清你，就是电话线的那一端
你总是爽约，用沉寂替代新年问候
天空太高，世界太冷。此刻

那虚空其实就是你，也是我
独自站在黑暗的中央
想拼命地喊你，却发不出任何的声音

哥哥，我的哥哥……

2014

句号

那本该是一个句号
时间蒸煮,它不断膨胀,虚化
显出缺口
大片的云涌入,填塞空无,又在
加固空无,最终派遣一滴雨
去同世界抗衡

2016

记忆

每年同一天,被某只
无形的手拖拽着
她都会来到那座广场前
从东到西,再从西到东
走了一趟,又一趟
仿佛留下足印,随即
又擦去足印;仿佛
唤醒记忆,随即又
删除记忆;仿佛这一刻
既是自己的提词员
又是自己的消音器
既要当逗号,又要做句号

那一夜真的存在过吗
疲惫和晕眩中,连她自己
都禁不住发问。这时
一个个暗影紧紧跟上
以否定的方式肯定了

她的疑问，但她自顾自
不停地走着，走着
已听不见任何声音
已看不到任何迹象
只是决意要走满二十七圈

2016

岳阳楼

十万人在吟诵

声音和声音合并，统一

声音占领高空，湖面

一座座岛屿

被任命为

这座城市的形象代表

唯独那个女孩

一时走神，竟抬起头

迅速望了一眼岳阳楼

又迅速低下了头

脸颊通红，仿佛犯了

一个不可饶恕的错误

十万人在吟诵

十万张面孔，在那一瞬间

变成了一张面孔

那个脸颊通红

却无比清纯的女孩的面孔

2016

豆豆没了

日子是空洞的，是苍白的
就因为没了豆豆
没了豆豆，时空是涣散的
是死寂的。节奏，韵律，光线
风，雨，雪，种种的消息
统统没了，就因为：豆豆没了

豆豆没了，我才充分意识到
一个逗点的分量和意义
一个逗点有时比一座山还重
有时又比一滴水还轻
这一点别人不会明白
可我明白

豆豆，豆豆，豆豆
一眨眼
豆豆已从逗点变成了句号
来世

豆豆还能从句号变回逗点吗

谁知道呢

从此，我的生活少了一个逗点
就像少了一个机关
那机关牵动着我全部的身心
全部的生气
全部的哭和笑的神经

2017

少况

少况，1964年生于上海，1966年迁至西安，1982年考入北京外国语大学英语系，1989年获得该校英美文学硕士学位，入职外国文学研究所。现供职于一家国际企业，居住在南京。

作品曾发表在《中国作家》《香港文学》《一行》和《飞天》等刊物上。另翻译有布罗茨基、阿什贝利等诗人的作品及小说《巴塞尔姆的白雪公主》和《在西瓜糖里》。

纸盒子

纯粹的个人精神生活
应该是在搬家的房间：
窗帘已经取下，窗台上
下午空荡荡的。

鸟飞过对面屋顶，
遁入你的沉思；树冠
像一顶隐士的帽子，
放在了山坡上。而屋内
那些陈旧的信封，那些
写着不同地址的信封，
堆在角落里。
该封存了，收起它们和底片，
收起我的内心世界！

但这个纸盒子是无辜的，
却在承受。手指磨损的记忆

越来越发黄,变脆,
失去它白色的重量。

夜来了。它步履轻盈,
紧随在你身后。
在到达另一座城市前,
它扔掉了我伪造的日记。

2003.6

秋水堂印象

一个我没有的地方
也是一个我不在的地方,
你从遗忘中拽出一根长线,
我在雨天看不清水的方向。

戴上眼镜。换一个角度。
在黑白照片里阅读
潟湖形成后的宁静;
一些树记住,
一些树排好整齐的倒影。
那天下午,我和你失去联系,
你选择了一条危险的小路。

那么,请你保重,
照顾好沿途的风光,当心
背景把它们压碎,
像所有大的东西压碎我
放在语言里的气泡。

水从玻璃上滑下,总是

在你没想到的地方改变走向;

风也是这样,突然用沙子

围住这么多奔向大海的水!

我喊不出来!声音在到达之前,

在释放能量的过程中,

像一次顿悟隐去了身体。

所以平淡是湖心返回岸边的方式,

所以我可以在不存在中

获得任何一种存在!

现在,你到了哪里?

一路上遭遇过多少埋伏?

有没有摔得面目全非?

不要告诉我!在秋水堂的镜子里,

我看见了更可怕的景象。

我也不会告诉你,

因为你只能继续赶路,

直到它们完全淹没你,像水。

2003.6

安迪·沃霍尔的四方联

1.

从左边移到右边,
从夜晚转到白天,
我想象着成败起伏
在一张纸上同时呈现。

2.

上一个世纪刚过去三年,
我盘算着如何将你变现;
你把纽约揣进了裤子口袋,
我在钱包里翻出一张美元。

3.

游戏规则需要改变,
你和我握着同样的牌面;

但是我不会抽烟,
又不喜欢王后那张老脸。

4.

现在我坐在你对面,
右边其实是我的左边。
我冲你使劲挤眼,
你却装作没看见。

2003.7

循环放映

我还是应该回到自己的房间,
放完那部沉闷的片子;
有始有终,每一份生命的简历
都有最后一项,但不包括
我们做的事情。鱼经常在半空
脱钩,留给你一个空空的鱼篓,
仿佛迟到的人后来消失了,
他的椅子在角落里等待通知。
啊,准备又准备的一辈子,
始终没有离开过这座城市!
而冬天,像一个笨拙的巨人,
把我堵在了门口。漠河和南美洲
一样虚幻,我踮起思想的脚尖,
还是摸不到一个大结局的边缘。

演出在继续,他们在教狗
说一句台词:"明天啃骨头。"
但明天没有骨头,明天只出售

一张没有抽屉的桌子，一把锁，
但有点生锈，还不配钥匙，
一些情绪工厂的废品，两朵云，
像两个失散了多年的朋友。
我还是应该有耐心，等着时间
露出尾巴，楼道里响起你的
脚步声，给我一个离开的借口。

2003.8

路上的书

我突然想到,这实在是平常的事情,
像钉子钉歪了,思想的桌子上
落满灰尘,没有人敢靠近预感的危险,
哪怕梦是户外的风,我躲在树后,
而猎人藏在树上,枪口瞄准路上的

动静。危险是思想自身的重量,
每一位思想家都是一辆超载的货车,
山路在盘旋。上升,或者下降,
你果然从两个方向进攻,如白天
和夜晚,哨兵换岗时划亮火柴,
霞光在天际只是一闪,雨要来了。

这样的瞬间最令你不安,尽管风
是一把锋利的刻刀,工匠在秋天深处
打量物体内在的亮度。夜来得更快,
山谷像一本书那样合拢;道展开自身,

没有人在走动,而夜越来越深,
而向下的恐惧在增加时减少。

做梦的人尚未出现,说梦的人
像豆芽一样破土而出。他们不出门,
他们陷在思想中,出奇却不能制胜。

2003.8.15

散句

隔着山
不会有前朝的问候
如暖胃的酒
溅湿扫叶人
箱底的衣衫

你关好院门
问自己
山间的小径
缘何通向
无端的思绪

有钟声断了
有老僧去了
如秋意
散落
这些别人的句子

2003.10

惊扰宇宙 Jone Guo 7/25/2017 金重

只是你的说明

我去了,当时还在波动,
你证明我爱过的部分
锈迹斑驳,篮子里
是世纪的土,留下来
迎接后来的风。

整个过程被还原,
像我寄存的纪念品,
你可以打开,一层层,
词语叠在一起,
一个陈旧的句子
挂在那里。想一想,
衣柜里那件缩水的衬衫!

现在明白了,你没有说的
正是我要听的;
关掉收音机,
扒开七十年代的松土,

几颗种子咧着嘴,
没有结果的表情。

谁说我愿意?如果今天
必须在树干上停留,
当时的树叶或许会战栗,
或许会在我的手心,
用它的纹路盖住我的。

2003.11

展开,然后是事物的状态

一辈子应该不够,

事物巨大的空间,

每一天,我穿过那些漏洞,

从假山的另一侧

躲开你。一个不透风的概念。

有吗?落在半空的雪,

乍一看像是悬浮的答案,

而我们还在不停地臆造问题。

天冷了,

一顶顶帽子在发挥作用。

你戴着我虚构的那顶,

在去平凉的路上,

你一直抱紧事物的影子。

轨道在延伸。

在我有限的想法里,

夜是平行的,

而且清脆如石块
击打水。
不用怀疑，在不存在
怀疑的地方，每一样东西
都应该是饱满的，
像撒手的气球。

当然，这是在去平凉的路上，
当然，你的梦里传来
事物落空的声音。

2003.12

被禁止的游戏

我曾经在你的镜头里
倚向船舷,现在我知道
世界经常是人的幼稚的
表象。那个敲木鱼的男孩
不喜欢寺庙,江上的水汽
尾随游客漫过山门。

再过五年,你有了皱纹,
挑灯的时候,我看不清楚。
完全是因为书上写着,
扬州借给你一把纸伞。

这就是瓜洲渡?
毫无疑问,我们赢得了胜利,
我们从语言上占领了
几座低矮的山头。
在迁都之前,日子丰腴,
像一条条抓不住的鳝鱼,

戴方巾的男人
聚在江边，饮酒作诗。

所以，该过去的自己会消失，
我的自我意识
也在靠岸。不是别的，
是我认识的那个人
独自在书房；
他轻轻摸着骨牌，
十一月舒缓而悲凉。
因为他圆润的态度，
十一月干脆把自己交给了
一块亚麻布。

2004.1

平行的词

在雨的陈述中,
写作进展得很快,
我们也在撞击巨大的
黑暗:城门洞开的时刻,
死亡站在那里。

鸟飞了,跃过几层意义,
从水光中带走树叶,
清晰的叶脉在地图上
铺开。日落时分,
在兴都库什群山中,你遇见
一个踏上归途的人。

空气比潮水还猛烈,
无形的每时每刻的运动
给饥饿的心送去
下锅的米。草可以是枯黄的,
骆驼的神态可以是悲哀的,

但远处丝绸般的河流,
那些冬天里的动词,
意义表面的冰层,
我全部还给你,我的兄弟!

2004.2

疏离之离

你悬在半空的样子
好看极了,大扫除后,
如果天晴,光线倾斜地穿过
四方的玻璃,浮尘越发
像是无所依附的灵魂。

我不敲门,反而容易进入
你内心的真实:情绪有点乱,
尽管头发梳理得一丝不苟。

这是八月撤退的消息
传到树叶的耳朵里,
当时,房间里还有其他人,
嗑着瓜子,深深热爱着
一个零乱的世界。明天
不会是这样,你指给我看
床下叠好的报纸,
一把断齿的梳子,漏风的话

拉开厚厚的窗帘。

娶了东方女子的秋天
与你结伴,树干发亮,
却照不见雪山的顶。
这是九月整洁的清冷
逼迫一个人给自己
写信。为时尚早,我真的
不想关心谁来了,谁还在
半途犹豫,你落下来时,
我会不会刚好进门。

抵达之谜,从肉体的角度看,
灵魂好比出汗,但一个柔弱的
灵魂选择了喜阴的植物。
一切都需要准备,归位,
你脸上失重的表情
并不证明我是对的。

2006.3

丑时的折子戏

这一回,他真的走了,
其实,他早走了,
舞台空着,你急忙拍电报
通知捕风捉影的朝代:
莲子羹先不用上,
大人洗把脸还要出门
放风筝。

我的鞋带松了,
我摸黑进到屋里,
那是从前,现在我不敢了。
砚台上残留的夜,
不靠谱的笔,
他蹲在自己的剪影里,
凭一根韭菜
怎能掐算出下面的台阶数?

窗户还要再糊一层纸,

谁的护身符不在赶路?
他想,在他的想中,
你和我并不见面,
我们只是坐在一起,
天气不错,
我们喝着孟婆茶,
两只不会开屏的孔雀
在我们身边走来走去。

一张上了浓彩的老照片,
绿油油的脸蛋
在芙蓉花的簇拥下
有了点生气。

他确实不曾来过,
从昨天起,城门紧闭,
平面的街心公园里
又多了一股难闻的气味。

2007.9

新十四行（三首）

1.

不要寄信给开封，
不要在阴雨天
独自一人剥洋葱。

我吃过更便宜的蛋糕，
和小贩们一起
混进大象拍卖会，
可是，在那些痛风
发作的夜晚，和自己
和解确实需要勇气。

如果换一个地方，
荒郊野外，一片高地。

但内心聚拢的光不够，
你只好挥着袖子赶蚊子，

我比你还要尴尬。

2.

气候干燥,水在水管里疾走,
你怎么一大早就打不开

心头的锁?

云纹丝不动。哪里?我看是你看
走了眼,难怪他们不断寄来透支账单。

从明天起读历史书,
别去管走廊里是否蹲着三个小矮人。

(他们在密谋什么?
他们在第三页毒死了我们年幼的父亲。)

我们一开始就搞错了,在声音的口袋里
装满沙子,在想不清楚的事情里
寻找失散的语言。

好在那扇门一直敞开着,

你不用买票进去,但必须留下这里的钥匙。

3.

服务生裸着上身站在门廊里,
他递给我一捆伪钞。现在电压不稳,
每天下午这个时候,我犹豫
不决的目光就会落在咖啡勺上。

我的意识刚消完磁,
像一条潜入水底的鱼。

淡紫色的码头
下着雾,两个水手用匕首
交换暗号和女友。

他们的微笑残留在电影海报上。

我认识你,陌生人,
走下楼梯的时光
在幽蓝色的唱片上旋转,
这是上帝的小费,他找给你一大把零钱。

2008.3.7

突然的中断

先是质子的钟陷进沙面,不习惯的
部分保持形状。说晚了,
许多人都说晚了。我停在斑马线上听,
听一定要停。所有的声音
涌来,光速已经叛离了爱因斯坦的公式,
一阵阵,

粗糙的表面映现一张时间的脸。

车间里,大瓷缸掉瓷,一个人的牙齿
磨来磨去,最后是舌头胜利。

又要放自己可以接受的音乐,
木质的,如同巴赫。我当时站在
莱比锡的教堂里,没有信徒
把蜡烛放在神像前,燃烧的只是过去
几天里的奉献。

他用胳膊肘怼我。另一条胳膊
在空荡荡的袖口里,仿佛告别的时代。
残缺总是来得及时,我们必须谢谢它!

我谢谢你,总是如此
理解光阴的深度。

2017.5

你确实是知道的

在风中醒来,群山起褶皱,壶里的
水兴奋。大师更兴奋,装作若无其事,
但嘴唇还是出卖了他。"日月明旅馆?"
街头不允许接头暗号,哪怕只是
羞怯的眼神,哪怕曾经为贫穷而骄傲!

有瓶瓶罐罐的地方,不宜放孩子。
你识破了什么?其实无非是
早早收场。

玉钩,穗带,念错字的年代,
扫盲时他在扫地,靠杨树叶的梗
和大雁羽毛,还有隔空见性,
他领略了师傅的风光。

我以为不用看见就不用听见,
"我们是健忘的,如果没人诉说。"
典型的电影台词,有人摘抄下来,

放在朋友圈。她一定忘了自己没去过
孟买,印度河已经不流经印度,
只有不说才能保证火车准时到达,
盖浇饭装进饭盒,田野上,
真的有棕色的牛停下,
像手帕上那样,梗着脖子
忍受蚊蝇。可我还是愿意赖在城里,
等待有换洗衣服的明天。

如果我的呼吸乱了阵脚,
如果操练的队伍里全是语言的乞丐。

2017.5

另一种告别

黄昏吐出一串串蝌蚪,你钻到桌底,
偷看父辈和他们手里的牌。鱼也游来
碗底,只许看。英姿是别样的,
回头话当年,勇气尚存否?

大牡丹岁月,洛阳沦陷,隔壁家的
玻璃哥不敢照镜子,又不得不做。

都散了吧!黄昏撒一把土,
盖不住热闹和鸡血。空气在颤抖,
那些神经病歌词遍布
各个景点。

切自己的脉,闭关,外面飘来什么
味道?我想你是知道的。
一根绳子不牢,两头空着,
强弩的掌灯时刻发虚,
像许愿许多了,像你轻轻

咳嗽一声，走廊里到处是跑丢的鞋。

第二天早上，窗台上放着谜底。

2017.5

如何欣赏蒙德里安

一切在漂浮,四方块的光
从窗外,当时,我紧跟在一艘大船后面,
眼翳被刺穿,植物的根溶解在水里,
像记忆的药片沉入时间。餐厅倒闭,
因为我们改变了信仰,许多句子在刀锋下
喘气,许多伸向无限的祈愿
随雾气上升,漫进茶园。天气热了,
穿卡其布的日子近了,一个念头支撑你
走到窗前。

是有些费解,坠落是创造完整的第一步。
影片结尾,脏话被法律禁止,诅咒变成了
叹息。只要你答应回来,只要空中的花朵
没有全枯萎,郁金香发明了塑料,
泡沫是大家的恶。现在轮到我来还债,
不管是谁签的字,黑夜都会买单,明天,
或一切结束后。

水浸透所有有孔的东西，呼吸还算顺畅。
我们核算一下，一厘米的光阴需要多少
悲哀和激情。等等，我还没说完，这封信
贴满邮票，却没有地址。桌上有酒，
几个烂苹果和一把裁纸刀，如果运气
比天气好，胶片还剩下一格。

风中的字撇开，主题逐渐展现，
你闭上眼睛，让他牵你的左手，右手
在空中乱摸一气。故事到这里，音乐
响起，从遥远的峡谷，苍山夹青江，
渔夫用天色包好他的沉默。

请回座位，导演马上到。今天路上
有点堵。属驴的车夫闯进中药铺，搬出来
五大箱陈年老账。识字的也糊涂了。
偏要和一把茶壶讲道理。水烧过沸点，
很难把握住公式。你当年的海魂衫
不小心骗了很多人，像一个梦。

2017.5

偶成

检校是个闲职,心里头算盘珠子拨来
拨去,一天就这么没了。
幸亏你低吟时捻着胡须,院子里
麻雀吵闹,平生付流尘。
好事不上门,我们一起骑马去找!
我们穿过平原时,一大片麦穗低头,
盛况空前。阳光开始刺眼。

每一天房钱都要付清。我们借住
在这里,咳嗽,吐痰,斜眼
瞧不上蔷薇和月光。夜凉了,夜长了,
第二天会好过些吗?

南方暖和,薄纱下政府逃逸。
你还在犹豫,并不是捕鱼和折腰之间,
也不是因为那个酷吏的血,你曾经
清狂。给自己一片更大的风景,
勾销日常,相信口粮在路上。

而流萤无所归依的美!

回到地面。你最近停酒,命书上
写到。后来下雨了,整整半个月没停,
草鞋烂掉,魂魄漏水,
一片落叶就是一片山川。

2017.5

我们来这里的理由

当时光线不暗,你是同意的,
我们在门口相互道安,
讲自己的辛酸,哈哈,问题来了,
平均值后面,每个人都感到委屈。

这些蛇皮袋很能装。写检讨需要水平,
我们在家里放了水平仪。
一阵风吹散早餐的阴云,大家坐下,
连包子都不如。去吧,你跟他们说,
什么是我们的认知,什么是大雪纷飞,
我心底窝着的候鸟飞不到灯塔。

从悬铃木到悬铃木,警报
一直没有解除。街道拓宽的过程
也是我们自我救赎的过程。
如果你忘了给猫头鹰吃安眠药,
总有一天你会想起。
灯光拉长影子,月光徘徊,

不知如何移进隔壁人家的窗户。
"余事勿取",谁又说得清楚?
清单是空白的,我们在忙着
削铅笔。是的,他和我们在一起。

他喜欢听撕封条的声音,
夜深了,他趴在墙上,翘起的尾巴
随时可以甩掉。

2017.6

像冬天那样了解我

抬手,再轻轻放下,
忽略它的意义。这一页翻不过去,
你从香炉峰顶下来,低头
看见蚂蚁,土壤一般的蚂蚁,
刚吃完晚饭,
款款步入圆形剧场。

穹顶上没有星星,
我们是来看猩猩的,古巴香蕉上
贴着防伪标签,用保鲜膜包好。
每一本新书都包好,
书封上印着:"这不是一本书!"

"你还憋气吗?深呼吸,
像歌里唱的那样,忘记自己在哪里,
像冬天那样了解我。"

守住丹田,但丹田不是你的底线,
弱水三千,我们住在长江口的西边。

2017.6

树
才

树才，原名陈树才，1965年生，浙江奉化人。1983年至1987年就读于北京外国语大学法语系。1990年至1994年在中国驻塞内加尔使馆任外交官。2000年调入中国社会科学院外国文学研究所。2008年获中国社会科学院比较文学博士学位。

著有作品：诗集《单独者》《树才短诗选》《树才诗选》等，随笔集《窥》，译诗集《勒韦尔迪诗选》《勒内·夏尔诗选》《法国九人诗选》等。曾获首届徐志摩诗歌奖，首届中国桂冠诗歌翻译奖。2008年获法国政府授予的"教育骑士勋章"。

荒诞

我忘记是不是
已经吃过午饭
太阳像一个疯姑娘
快把全世界给迷醉了

眼前晃过去许多张脸
我像路边的一棵杨树
对来来往往的车辆
已失去敏感

躺在花园的长椅里
我盖着阳光午睡
怎么也想不明白
童贞水一样流失了
为什么还担忧嫩芽的纯洁

上午在银幕上
欣赏到一场悲剧

下楼梯时,别人和我
说说笑笑,格外高兴
我说在没有虚饰的世界里

冷酷算是最大的真实
他们便扭过头来让我看
瞪得圆圆的眼珠子
说我的话像是诗人说的

1986.4

永远的海子

一位朋友,心里驮满了水,出了远门
一位朋友,边走边遥望火光,出了远门
一位朋友,最后一遍念叨亲人的名字,出了远门……
从此,他深深地躲进不死的心里。

他停顿的双目像田埂上的两个孔
他的名字,他的疼痛,变幻着生前的面容
噩耗,沿着铁轨传遍大地……
多少人因此得救!

兄弟,你不曾倒下,我们也还跪着
我们的家乡太浓厚,你怎么能长久品尝
我们的田野太肥沃,你刨一下,就是一把骨头……
你怎么能如此无情地碾碎时间?

你早年的梦必将实现,为此
你要把身后的路托付给我。像你,

我热爱劳动中的体温，泥土喷吐的花草……
我活着。但我要活到底。

你死时，传说，颜色很好
像太阳从另一个方向升起血泊
你的痛楚已遍布在密封的句子里
谁在触摸中颤抖，谁就此生有福！

1989.12.20　凌晨

母亲

今晚,一双眼睛在天上,
善良,质朴,噙满忧伤!
今晚,这双眼睛对我说:"孩子,
哭泣吧,要为哭泣而坚强!"

我久久地凝望这双眼睛,
它们像天空一样。
它们不像露水,或者葡萄,
不,它们像天空一样!

止不住的泪水使我闪闪发光。
这五月的夜晚使我闪闪发光。
一切都那么遥远,
但遥远的,让我终生难忘。

这双眼睛无论在哪里,
无论在哪里,都像天空一样。

因为每一天,只要我站在天空下,
我就能感到来自母亲的光芒。

1990.5.31

莲花

我盘腿打坐度过了
许多宁静无望的暗夜。
我呼吸着人的一吐一纳——
哦世界？它几乎不存在。

另一个世界存在……
另一些风，另一些牺牲的羔羊，
另一些面孔，但也未必活生生……
总之，它们属于另一个空间。

打开的双掌，是我仅有的两朵莲花。
你说它们生长，但朝哪个方向？
你说它们赶路，但想抵达哪里？

我只是在学习遗忘——
好让偌大的宇宙不被肉眼瞥见

1994

单独者

这是正午!心灵确认了。
太阳直射进我的心灵。
没有一棵树投下阴影。

我的体内,冥想的烟散尽,
只剩下蓝,佛教的蓝,统一……
把尘世当作天庭照耀。

我在大地的一隅走着,
但比太阳走得要慢,
我总是遇到风……

我走着,我的心灵就产生风,
我的衣襟就产生飘动。
鸟落进树丛。石头不再拒绝。

因为什么,我成了单独者?

在阳光的温暖中,太阳敞亮着,
像暮年的老人在无言中叙说……
倾听者少。听到者更少。

石头毕竟不是鸟。
谁能真正生活得快乐而简单?
不是地上的石头,不是天上的太阳……

1994

马甸桥

24 小时。连续 24 小时——
这是昼和夜加在一起的分量。

在桥边,一个人滋生危险的念头。
一天一天,你伤害了多少时光!

在每一个路口,危险和危险擦肩而过。

桥上所见的纷乱,
桥下所承受的震动……

生活,在路上。家庭只是
停靠站。轮胎冒烟,出汗,滚烫……

迟早的车祸粉碎了对前途的算计。

从这边看,又从那边看,
马甸桥没有内部,只是空穴。

过路的红裙,上下颤动的乳房,
松柏的生长缺乏氧气……

茶树用浑圆理解形式主义。

24 小时。连续 24 小时——
小轿车,自行车,马车,重型卡车……

危险的预感逼迫人一次次出门。
推迟那个梦,或在梦中醒着!

有什么更好的办法对付这噪音?

还得把生活挣来,
还得把肉和蔬菜拎上楼……

1996.8

怎样的未来

是一种怎样的失眠,使你
铁了心,要嫁给我?
是一种怎样的病,让我
毁了身子,也看穿了未来?

"我们恋爱了这么多年……"
你说,像嫩芽儿刚被掐走。

省略号似的一天天。苦中
有乐。两只生鸡蛋换一份煎饼
果子。一口气跑上十四层楼……
发烧的心把西北风挡在体外。

"你以后会懂我的话……"
我说。在命里伏下这么一笔。

日子给日子打补丁。吵吵
闹闹,都不要紧。结了疤

爱情的血照样流得欢畅……
两片树叶掉地上难以生根。

"未来还未来……"
而你，正盘算对它的迎接。

但那是怎样的未来，使我
心惊肉跳，睡不好觉？
但那是怎样的未来，使你
一边晒太阳，一边像虚脱？

"我懂了你当年的话……"
一棵树，也快白了头。

1999.11

过去

"过去过去过去……
过不去过不去过不去……"

有个人念念有词——
这个苦恼的人正走在幸福大街上。

过去它肯定能过去,
但这个人的脑门太窄了。

他还在跟自己过不去,
而他的过去早过去了。

过不去?那你再试一试。
生活就是让一天天过去,

就像麻雀在低空飞,
就像泥鳅从泥里钻,

就像大人答不出孩子的问题,
就像死者不愿讲死亡的秘密。

有人急了,有人眼红了,
全因为不明白这个道理。

过去,过去,过去……
是啊,一切都会过去的。

但一个小男孩被两根铁栅卡住了。
他在喊。他在挣扎。他的未来。

1999.8

刀削面

安德路口,电线杆旁,
一个矮汉在削刀削面。

他的脖颈一伸一缩,
他的眼睛盯住刀片,

他的下巴一勾一勾,
他的右肘甩着来回,

面条条儿一蹦一跳,
赤条条地滚进大锅。

他从离下巴最近的那儿
削起,一刀一刀往上移,

再落下来,再一刀刀
往上移,麻利,娴熟,

客人们坐等着……

很快,手掌就托不住了。
矮汉趁机瞟了一眼周围,

顺便吐一口长气,调匀
呼吸,让刀片刮刮锅沿,

对剩下的面坨下手。

这时过来一位粗辫子丫头,
用大漏勺往锅里那么一搅,

捞满了面条,再往上一抖,
顺势就送进了一只大海碗,

一看不够,再添点儿,
然后,酱油、盐、醋……

最后撒一撮香菜。
得,您吃去吧!

出租司机正埋头扒拉。

这小面摊儿紧挨着建筑工地。
载重卡车开进去,又出来。

这儿的气氛热热闹闹,
这儿的灰尘一阵一阵。

红色夏利塞满了路口,
民工们吃饱了,歇着,

一面面小红旗悠悠地飘呀,
一碗刀削面足够顶一个下午。

1999.9

虚无也结束不了

虚无也结束不了……
到时候，这世界还会有
高过人类头顶的风，还会有
比爱情更晚熄灭的火，还会有
比自由还要自由的……"没有"

虚无是一只壳
更是壳里的空空
崭新的苔藓又绿成一片
那些唱出的歌已经入云
那些作诗的人正拿起筷子

虚无也结束不了……
那戳破窗纸的人只瞥了
一眼，后半生已经变了
活不下去？还得活下去
虚——无，这中间有一条缝

虚无能结束那当然好……
你也就没机会再写什么
高矮胖瘦，都过去了
我们也会过去的！拐弯处
虚无翻了翻我的衬衣角

2000.9

拆

拆,拆,拆
铁锹自己就跑过来
民工自己就摔下来

拆,拆,拆
拆了平房,建高楼
小矮人变成瘦高个

拆,拆,拆
拆了胡同,修大路
小轿车轰走平板车

拆,拆,拆
街道成立了拆迁办
要办的就是钉子户

拆,拆,拆
拆字里面有现代化

拆字外面有增长率

拆，拆，拆
旧了，老了，破了
快塌了，胡不拆？

拆，拆，拆
文化，历史，建筑
你说不拆就不拆？

拆，拆，拆
拆吧，拆吧，拆吧
拆完旧的新的又旧了

拆，拆，拆
快把那拆字写墙上
再绕它画个圆圈圈

2004.1.4

按一下

在生活中我们离不开按一下

看电视你得按一下吧

按一下只是打开电视

选台你还得按一下吧

假如节目不喜欢你想换台

你得再按一下吧

在我们快速高效破碎荒诞的生活中

一举一动一言一行一进一出一生一死

你都得按一下按一下按一下再按一下

假如遇到活命的难题

你还得按一下自己的脑门

脑门打开好主意才会蹦出来

在现代生活中我们越来越离不开按一下

上班进楼门

你得按一下吧

下班回家门

你还得按一下吧

我们的生活中到处到处到处都装了门铃

楼房有监控门

家庭有防盗门

你想进去你没钥匙你就得按一下

坐电梯你得按一下才能进吧

上 8 层你得按一下数字 8 吧

进了家门你想上网

看新闻聊大天发伊妹儿写博客

你得按一下电脑吧

手机响了你还得按一下

才能通话吧

按一下按一下

这里按一下那里按一下

出门按一下进门按一下

按一下再按一下再按一下再按一下

反正你按完这一下还得再按那一下

你的生活才会像高速公路那么通畅

否则你就会被挡在门外进不了家

你就会冻成冰棍热得伤风气得骂娘

否则汽车就动不了机器就转不起来

电视就变成哑巴 DVD 就拒绝打开

否则自动取款机就拒绝自动给你吐钱

鼠标就没用导弹就没用

航天飞机就上不了天

就算碰巧上去了还是下不来

按一下用大拇指

用食指中指无名指或小指头

甚至也不妨用脚趾头用额头

用舌头用筷子头用鼻头

反正你得瞅准了按钮

按一下再按一下

如果有必要当然你还得再按一下

直到把门按开把电视按开把开水按开把音响

按响把手机按响把短信发出去把导弹发出去

假如你的大拇指沾了红色印泥

在一张判决书上按一下那可就不得了

你可能因此入狱九年或者被拉出去枪毙

反正你不能没头没脑不管不顾乱按一下

否则可能就会把你的小命给按没了

假如你是美国总统法国总统或者俄罗斯总统

在战时国家最高指挥室的仪表台上按一下

那可就更不得了了

那意味着动用核武器引爆世界大战

世界可能因此毁灭

文明可能因此崩溃

人类可能因此消失

有一天我突然想

外星人到地球上来时是不是也得被什么神

用哪根手指头按一下？

2006.5.1

哭不够啊,命运

哭不够啊,命运!
泪水也能喂养大孩子?!

2010.7.7　早晨惊醒后

这枯瘦肉身

我该拿这枯瘦肉身
怎么办呢？

答案或决定权
似乎都不在我手中。

手心空寂，如这秋风
一吹，掌纹能不颤动？

太阳出来一晒，
落叶们都服服帖帖。

牵挂这尘世，只欠
一位母亲的温暖——

比火焰低调，比爱绵长，
挽留着这枯瘦肉身。

任你逃到哪里，房屋

仍把你囚于四墙。

只好看天,漫不经心,
天色可由不得你。

走着出家的路,
走着回家的路……

我该拿什么来比喻
我与这枯瘦肉身的关系呢?

一滴水?不。一片叶?
不。一朵云?也不!

也许只是一堆干柴,
落日未必能点燃它,

但一个温暖的眼神,
没准就让它们烧起来,

烧成灰,烧成尘,
沿着树梢,飞天上去……

2010.10.11

月光

也是菩萨

2011

钟表停下来的时候

时间才走得更准

2011

蜻蜓 /Dragonflies Jone Guo 8/25/2017 金重

妈妈

听见有人喊妈妈
我总会在心里跟一声——
"妈妈",但声音
很胆怯,很小——
小到只有我自己
才能听见

我四虚岁就没有妈妈了
但我一直跟着别人喊
为了让自己听见
我天真地想
只要我听见
妈妈也就听见了

2011.9.9

写于斯德哥儿摩

同题诗,你们知道
就是:大家用同一个
题目,做不同的诗。
写于斯德哥儿摩,本来
是落款,这回成了诗题。
我的哥们儿,莫非写了
一首,潘洗尘写了
一首,秦巴子也写了
一首,李笠呢据说也要写
一首。这样我不写就
没有道理了!哥们儿
要玩儿就一起玩儿呗。
据我所知,除了李笠
其他三个哥们儿,从未到过
斯德哥儿摩,当然他们梦中
也许在那儿喝过什么极光酒
甚至还领到过什么瓷砖奖。
这些都不重要!重要的是

黑塞（1946年诺贝尔奖得主）
在他的受奖演说中（瑞士
驻瑞典大使代为宣读）特意
说明："我从未到过瑞典……"
可见到没到过斯德哥儿摩
对一个诗人，也并不重要。
重要的是写诗，而不是
写于斯德哥儿摩。反正
我这首诗绝不是在斯德
哥儿摩写的。也许你会说
斯德哥儿摩的"儿"字
写错了，应该是"尔"！
好吧，我下次会问问李笠：
"尔"和"儿"可否译
瑞典语地名的同一个发音？
它们应该是同一个地方吧。
不过，天知道呢，也许不是。

2013.9.4

此刻

我在我不在的某个地方
哒哒哒,钻探声就这样把我带走

歌或哭都不能平息内心
闭上眼,泪和雨仿佛都去了远方

2014.10.14

然后呢

一个小男孩
大约六七岁
在大太阳下急走
他用手拽着一个大人的手腕
他边走边问
然后呢
然后呢
然后呢
然后呢
然后呢
然后呢

也怪了
那个大人就是不回答
孩子偶尔也烦躁
突然换了种口气
爸你倒是说啊
然后呢

然后呢

然后呢

爸你倒是说啊

然后呢

然后呢

然后呢

敢情那大人是他爸

这个人可真怪

他一路急走

儿子拽着他的手腕

一路不松口地问

然后呢然后呢然后呢……

然后他们拐过了墙角

然后我去坐地铁

然后天还是那么热

热得大人们不愿开口说话

2015.7.12

黄康益

黄康益，诗人，职业外交官。1965年生于广西阳朔。1982年至1986年就读于北京外国语学院西语系西班牙语专业。2007年至今一直在中国驻外使馆工作，先后在厄瓜多尔、哥斯达黎加、委内瑞拉任文化外交官。

曾翻译西班牙诗人洛尔迦、阿根廷诗人博尔赫斯的作品。

忆

在你的胸前

我是一只没有风帆的独木船

受过暴雨的洗礼

攀着生锈的铁链

疲惫地躺在

恬静的岸边

在你的胸前

我是一场去犹未去的初恋

默默地像春天般等待过

也曾如晚风中的夕阳

无声地沉入

苍茫的山巅

在你的胸前

我是一只去而复归的天鹅

想躲避如潮的游人

却又贪怀这明月般闪光

柔情的湖面

在你那里，我见过
工厂的烟囱像枪口
在皇宫的头上冒烟
风沙骤息的荒漠
终又变成渺无足迹的雪原

我是第一次
敢这样对你诉说
也是第一次
这样羞涩地直视
你美丽的眼睛
如果你也总在怀念我
那就请收下这
无声的礼物
——也是
无形的祭奠

1984.12.9

致——

> 我大概能忍受离别之苦
>
> 却忍受不了与你会晤

今天
为了让你理解
我咬破嘴唇
将一个晕眩如太阳的字眼
从堵住的喉管吐出
向你年轻无瑕的微笑
呈现我碾碎思想铁蹄的磨坊
呈现我燃烧的烽火台
呈现我将军垂泪的战场
让古老的马向你嘶喊出血红的记忆
如向眼睛呈现油画色彩的斑驳
无数个日子漫长的沉默
为了目光能将灵魂照得透亮
于这最后的瞬间
以男子汉的勇气按动心之快门

在光圈的旋转中
将那个无形的字眼
从咬破的嘴唇
吐出来
你知道吗
在这张我航船遇难的画幅上
一切的背景都是你

1985

清明

好多好多的黑胡子山牛死了
喝一缸咸如盐的白酒
放一箩天响的鞭炮
痛痛快快

痛痛快快地挖坑
用黄泥土掩埋吃剩的牛肉
挑一块整齐的石头作碑
种上野草和红杜鹃

清明节阴阴阳阳又到来时
总有一群牛一样的人犁开坟场
湿漉漉的山里
摆着好多好多装遗骨的金坛子

1986.10.30

最后的假日

最后的假日
我最后一次
造访你的花房
我背着猎枪靠在门上
因为你没有椅子
我走得很累,但你说
昨夜雨点如霜
我用棕毛给你编蓑衣
然后轻轻退出

正午的阳光烧着了我的石屋
香灵草[①] 正在枯死
荒野里冒烟却没有人
但我不说

1986.10.31

[①] 一种可以用来防虫子蛀蚀家具和衣物的植物。

玛丽亚

玛丽亚,你的花真美
给我一杯泉水吧

兄弟,别打岔
二十年没下雨了
花就要凋零的

玛丽亚,你的井真深
给我一杯泉水吧

兄弟,别打岔
二十年没下雨了
山谷已经干涸

玛丽亚,浓雾已经缠满山头
给我一杯泉水吧

兄弟,别打岔

二十年没下雨了
湿雾对身体没有好处

玛丽亚,你的衣服脏了
我爱你,玛丽亚
给我一杯泉水吧

好兄弟,来吧
来吧——
好孩子

1987.9.14 拉斯帕尔马斯

过程

这仅仅是一个过程

我坐下来,像
搁下一本书,坐下来
心里不平静,不明白
为什么不认识自己
作为一本书
我能理解自己的内容吗
翻开自己的手指,毛发
脑子里充满棉花和石头
很沉重,心却想飞

那是计算机的声音吗
自言自语,像一个
疯子在独自转动
一个圈,一片涟漪
在白色的墙壁和绿色的岸边
流动

真美啊,一听到水声
就感到有风在微微地吹
石头融化了,棉花变成炊烟
变成感觉,轻轻升起
这时候,我仍然坐着
但不仅仅是一本书
轻轻地搁着

这仅仅是一个过程

1989.11.18

故乡

在这个年轻的山村里,最常见的
一切刚开始便成为往事

我还能渴求什么呢,记忆里
我只是一座桥,不变的职业
作为一种上天的安排,一种德行
铺设在路上;从我这里
是通向另一个世界的道路,生命
在这里降落,就像蛹蜕化为蝶
彩色并悠然,而我成为留下的壳
作为一种往事,空挂在那棵
命运赐予的梧桐树上,观望

桥的上游,我不眠的故乡
以及桥下的流水里,浸泡着的
我无恶不作的童年

1989.12.24

过程　Jone Guo 8/3/2017 金重

四合院·春天

春天到来的时候
这棵树没有开花

整个院子里只有他
和一些露水般的客人

他独自静立
而客人暮归朝去

春天到来的时候
诗人在树上开花

1991

内相的形成（节选）

1.

早上在阳光中出门，工作的地方
在远处，勾勒出一条每日必走的路线，
工作的意义虚无缥缈，在我的印象里，
那是一些毫不相干的人，为了共同的目标，
聚集到一起来。关于这一点，
有很多说法，譬如劳心者治人
劳力者治于人，以及不劳者不得食，等等
等等，往深里看，首要的是食。
我的职业是将一种语言变成另一种语言，
就像技术工人，变换着物质的形式；
而另外的人，挪动着别人或自己，
从一个地方到另一个地方。
我们的企业建立在水上，
命运让我们聚集在某个角落里，
为了让鱼从水里世界上到陆地。
变换环境，一种生命死去，

另一种就会延续。思考这样的问题

或许毫无意义,但却是一种事实,

突然出现在脑子里,就像早晨,

阳光照耀下的城市,清新而洁净。

我的呼吸在这些事实中流动,

我感到了自己体力的恢复,那是

发自内心的宁静的身体里

散发着的淡淡甜味;它从早晨的阳光中

涌出来,从我的舌根下,涌出来。

这些美好的东西,来自简单的事实和道理。

悟出这一点,我同时发现

纯粹物质的世界本身

也在散发出光亮和味道

2.

当我走在街上,世界的城市如一团脏物,

四面却多么干净!我的身体向前挪动,

像一种浮游生物,飘离地面和人间。

我的身体变得越来越清晰,那里面的器官

开始出现透明状,午后喝下去的矿泉水,

咕嘟嘟从嗓子里流下去,径直进入某个袋状的

容器,储存着。那就是胃吗?那就是

我自己的土地吗？那浇灌下去的，在那里
滋润开来，犹如城市的四面八方，
干干净净的虚空，自外而内地淹将过来，
时间一样淹将过来。如此自在的大环境里。
无论多么纷乱的东西，都将被吞没掉。
对于这点，我已经深有信心。
我已经预感到，那种遍体透明状必将出现。
我穿过夜晚拥抱下的街道，回到住处等待。
在此之前，潜意识里有某种声音在说：
等待既是一种虚无的状态，同时也是
量变渐渐发生的过程。我每次都感觉到
体内在变化，清气上升浊气下降；等待，
是在自己心中腾出位置，让新的转机进驻。
我的等待是自上而下的，我站在云端俯瞰下方。
在我的意念里，首先必须澄清的是那地面的污秽，
化解开那下方的诸多纠葛，然后才能进入
清明的状态，彻底解开自己；那时，
那些周遭的万事万物，都将成为运动变化的载体，
成为转机，成为幸福的源泉；它们流进来，
飞进来，然后以碾碎的形式落在土地上，
水一般径直流入我的体内，滋润着生命
生长、延续——这种变化持续的过程，
从此就构成了我生的意义。

4.

我还需要做什么？钟声已经远去，
我又回到天圆地方四极清明的路上。
仅仅是在路上而已，家园就在眼前，
触手可及却又不能完全进入。
这就是运动之后的我。我在园外徘徊，
但已经很近，我已够满足；那里面的情景
清楚地显现在内心的明镜里，那是现实，
而非记忆。我的声音从那里发出来，
我能感觉到那里面门窗开启关闭的声音。
现在已经是凌晨，世界依然喧闹，
街上的摩托车飞速冲过我的身后，刺耳的声音
传来，反复不断地在我眼前的家园里激扬
尘土，就像一种劫难，一种貌似生命
其实回光返照的劫难。我总是在注目
纷乱之下的那种宁静。这很抽象，
具体地说，就是要回到自己的呼吸中来，
让温和的云雾般的东西自天外涌进来，
轻盈盈，继而又透明清澈，似有更似无；
当它进入，屋中一切郁积沉闷的废气顷刻消失，
无踪无影，我的家洁净无比，似有更似无；

于是我归来,于是那眼前的已成胸怀,
暖融融,甜蜜蜜,酣然美然。
在这里,有谁不愿意睡眠呢?
咦唏呼,我的神,我的主人,
我心中的天使,晚安!

15.

一切都在同步进行和发生。
我的影子是一片多么美妙的开阔地,
虚空中实实在在地出现了可触摸的物质;
这些本来在远处游动的晶体和沉淀物,
在我的意识渗出体外时,活泼泼地涌入,
正如文字随心所欲地跃然纸上。
这些东西其实早已经存在。只是此前,
它们一直在游离,而我只是守着
自己的树干,等待,在不渴望中成长。
为什么会这样?一想到那种使自己圆满的等待,
我的嘴里就充满口水,我的身心
因此轻盈盈乐陶陶,接下来就是幸福;
在我变为幸福之火的时刻,那些虚幻中生出的
物象倏然而逝,我再次返回到往日那种
奔向内心深处的路上;那些起初的句子,

连同我自己的开阔地,成了我回归内心的誓言。
还有什么害怕的呢?每一条道路都指向这里,
我在深处贪婪地接受流入自己陷阱的一切;
天地倾斜,行人的面孔在发出嘶嘶的声响,
一切的植物都将因此日渐枯萎,
神啊,请佑助我谛听!

1993—1994

太极拳

突然想起某位太极拳师的话:
我的身体便是寺庙,我在这里
聚精会神,起伏开合。
难道不是吗?
或许哲学与宗教的意义
便从这里产生;
那些号称精神与思想的光芒,
在肉身某一个关键开启的时候,
使得被禁锢于体内的语言
变成卦象,向四面八方弥漫。
大道以虚为本,以灵为用;
种种奇迹的产生,真实不虚,
却不过是思想在光明显现,或是
精神聚会之时的阳光灿烂。

那么,这精神应当在何处停留?
纵观身上周流不息的血液,
以及城市里穿梭往来的行人车辆,

风自天外而来，掠过地球的表面，

昨日的飓风从加勒比海湾登陆

洪水随风而来，淹没了行人和家园，

生命多么微弱，生命多么渺小！

我的精神将向何处相聚？

那些宗教以及艺术的哲人，

裹着血肉之躯，在时间和空间中行走；

它们的语言如飓风般掠过，

将生命席卷而去，却未曾想，

我的故乡在遥远的山村，

秋天已经到来，田野里的稻子

金黄一片，内心沉甸甸。

那些可以延续生命的粮食，

将静悄悄地隐藏在果实丰满的呼吸之间。

冬眠，这是我至今所能找到的

最美满的字眼！

1996.9.3

旧报纸[①]

在我的面前是一张过时的旧报纸，
一个四季风声呼啸的南部城市。
五十年前的一群人，掘地找水，
结果挖出了石油，而如今
政府计划发展风力电站，
以此减少污染成本。过时的报纸，
叙述着依旧流动的历史和现实。
这一切如同一片无垠的开阔地，
穿过纤薄的纸张，携卷着我的呼吸，
以及沉重的身体，向四面八方展开。
一阵汽车的警报声起而又断
在我内心辐射的空间里
充满了雨后的潮湿与清新

但我感到奇特，因为内心降临的地方，
仅仅是一些零星的片段，

[①] 电视消息：美国军队昨天再次轰炸伊拉克，喷着火焰的导弹从海上的巡洋舰向伊拉克的国土飞去，无辜的百姓头上又一次灾难降临。

是一些缓慢乃至固定的风景；

它们远远超出了我力量的范围；

在他们面前我仅如一粒游尘，

我只能在观看自己时发现它们的变化。

这些无法追逐的世界，

以他们绝对的力量使我的肉体得以生存，

同时迫使我从每一个遥远的角落返回，

并向一条与世界相反的道路行进，

任凭那些野蛮而现实的炮弹，

满载邪恶从海面向陆地的村落飞翔。

1996.9.4

梦

一种人生如梦的悲哀在死死地咬啮我的内心,
我的真正生命隐藏在这种种行为的幕后:
多么奇妙而清晰,
在梦里我因为不明的原因被迫创造自己的文字
并让另一些梦中常常迷糊的人阅读它们;
在梦里我听到一个女歌手在电视中歌唱,
她的声音向我的生命深入同时又在梦中弥漫,
她的面孔算不上精致却有一种冷艳的美;
在梦里我发现自己必须与一个女人共同生活一辈子,
她随时可能因为某笔我无法算清的账而大发雷霆;
在梦里我感到太阳穴神经有些胀疼于是走进卧室,
拿起床头柜上的万金油在身体某些穴位上涂抹;
在梦里我从一个人手中接过一些钱币然后交给另一个人;
在梦里天地之间的声音不断地传来,
城市犹如一堆垃圾;
在梦里我有可能返回故乡并与亲人团聚;
在梦里有个地方,它的影子无法挥走地占据我的内心,
就像曾经有很多人将我的内心占据那样,

那是一种神魂被撕裂被摧毁的感觉；

在梦里我无法将有限的感觉

用无限的语言完整地叙述；

在梦里我发现一具肉体的历史犹如一个国家兴亡。

为了使梦更加明亮，

人们发明了火以及后来的电；

为了使梦能让人理解和记忆，

人们发明了文字，并以数学的方式丈量梦的每一个角落，

以哲学的思维来试图把握梦的整体并称之为屠龙之术。

在梦里物理学和化学互相纠缠在一起，

一群一群的人无论走到哪里都忘不了自己在梦中的

 使命——

计算或者算计。

我不过是一种永恒梦境的某个细节，

无论往什么地方游动，

最终都无法真正醒来。

1997.1.2

从一个地方出发

是一个水果离开枝头

是一粒种子在足够的条件下长出胚芽

是在无限中划一道破折号

用生命进行某种答复或诠释

是承认自己不可避免的命运

是被一些未曾深入却近在眼前的文字困扰

是一个人在远离另外一个企图终生控制他的人

是必须在规定期限内支付一笔费用

是到熟悉的地方寻找丢失的物品

是一首诗在时间中消失

是将世界撇在身后的同时发现宇宙可以随时移动

是不可避免地遭遇好莱坞胶片上的枪战

是与罗马偶遇并发现城市的强大和居民的弱小

是机器在广袤的田野里收获粮食

是人的语言将应有的音乐覆盖

是历史不断地从自己的窗口向世界诉说

是有人发现思想的眼睛

是冰川崩溃融化为水

是南美洲的一片树叶像政局一样在风中动荡

是不论背景如何变化而始终坚持一个关于童年的提问

是一个地方物资在增加而另一个地方货币在贬值

是卡通片中少女眼睛的忽闪

是从一面镜子中反观自己的面孔

是很多面孔穿过时空然后在同一个地方出现

是元谋人变成不变的事实而让人晕眩

是一个著名的斗牛士被受伤的公牛击死

是秘鲁的总统向游击队表示强硬的态度

是必须在今天与某位政府官员接触

是来自祖国的音讯遥遥无期

是思念故乡和亲人而写信的双手被肉体锁住

是一艘船在大洋中航行而最终必须返回港口。

有谁能站在陆地与海洋之间

永远地忽略这些现实和幻想？

那从一个地方出发的人

或许意识到有一些东西必须留下

1997.1.4

一分为二

之一

我已经进入一分为二的状态:
将世界割裂为四面八方,
割裂为过去与未来,现实和幻想。
这与往日的飞翔完全不同,
那时我凭着内心凝聚的力量
透过整个天空向遥远深处着陆;
那是我无法记忆也无法看清的过程,
或者说飞翔的过程被永远而神秘地忽略,
我同时出现在不同的时间和地点,
这里或那里,刚才和现在。
对于思想和灵魂的这种神秘,
我无法以远离自身的语言来解释,
我只能在一种绝对的回归中完成这个任务,
这让我想起某些巫术——坐下去。
坐下去,就能看到物质轻轻地漂起来。
当我在这里潜伏,观看它们像音乐般响起

此起彼伏，观看自己的生命
一点点地变得若有若无，
然后似是而非，
多么美好！

之二

割裂是一种静止的动作，
我必须处在一种绝对的中庸之道上，
我必须处在物质的绝对边缘。
这个神秘的地带给人以真空的感觉。
在这里现实亦即梦幻，
物质亦即精神，
感官所能触及的一切物质和现实，
都无比清晰又无比虚无。
从这里，凌乱的世界可以获得秩序，
变得和谐如歌。
一杯咖啡（尽管已被喝掉）
可以与空中隐约的星辰和平相处，
城市和肉体可以同时向天空开放，
眼睛一样的灯光，可以向大海眺望
看鱼一样的时间在水中游走翱翔。
有谁能阻止哪怕是最微弱的怀疑？

有谁能阻止在某个极短的瞬间,
会有弦一样颤动的思念?
在这个空洞无垠的地方,
我相信了所有事情的必然性。
不必刨根问底,不必
沿着一条河流进入桃花之源,
时间不必停止,经历战乱的人,
不必忘怀也不必永远停留在战场,
来自数学家的我思故我在,
不必保留存续了千百年的关系,
在事物的内部,所有缜密的关系
在我向后退一步的时候,
都变成可有可无的或然。

我怎么能够不赞叹永恒!
我怎么能不赞叹绝对!
在这个将宇宙顶起来的支点上,
一个声音说:
当临渊而歌!

1997.1.5

今天晚上

今天晚上,
我将再一次在黑夜里回忆雷雨,
回忆即将倾听的异乡歌谣在街角的酒馆响起,
回忆可能遇见的面孔,
刚刚离别的夫妇,
或许还能(当我坐在列车上
遥想欧洲与它上空的幽灵的同时)
再一次从梧桐树下走来。
那回忆中的亲吻或许依然如故,
如同眼前倾斜的灯光;
一个地理学家在雷雨下能干什么?
一个诗人在回忆中能干什么?
在这阵浓如烤肉之味的空气中,
我观看现实像水一样从高处向低处流淌,
一个流动商贩以底气十足的声音
呼唤加西亚·马尔克斯的买主,
危地马拉深处的现实
(而非电视或报纸上的现实)

从他的声音中跳跃而出。
那逝去的一切与这弥漫周身的记忆多么敏感。
思想,这种木头或泥土的偶像开光后发出的震颤,
变成了一种无法命名的感觉;
时间的指针从一个刻度滑向另一个刻度,
该关闭的门窗都已经关闭。
有一次约会因雷雨而被取消,
黑夜被一种鲜姜的味道占据,
这或许能解除被寒湿浸淫过的物质。
生命的意义是什么?
在这种类似催眠的状态中,
我只能从最不明确的角度,
模糊地判断一个若有若无的存在。

1997.1.11

马德林港

我怀念马德林港。

这个执着的念头

将我带到她背后的巴塔哥尼亚和海湾。

我在另一片海岸上遥望,

这些现实之外的现实,

这些记忆之外的记忆,

光与云雾中的面孔寂静而喧嚣,

一句早就说出的话无休止地重复,

一个已经逝去的人依然在原地走动;

Emilio,我的朋友,

依然在海边湿润的空气中

静听那些属于宗教范畴的歌曲;

陌生的语言在一具被疾病困扰的肉体中

回响并着陆;

一只手对另一只手说:

放下你的全部思想,

让僵硬的一切在旋风般的运动中消散!

我怎样才能再一次见到现实中的少女从记忆中走来?

我怎样才能再一次品尝你海水湛蓝的味道？

西部的风沿着安第斯山麓从时间中吹来，

在时间之外，

我犹如一棵曾经生长过的植物。

是马德林港的西红柿？

抑或是马德林港的一根葱在摇曳并散发香味？

在 Julio A. Roca 大街的一个院子里，

我因为沉醉和友谊而永远地种植在地上。

有一种思想在上空犹如蒸发的水，

有一个生命在城里曾经流出眼泪，

有一次爱情或许至今未能如愿。

一个港口的道路在陆地和水中延伸，

它的背后充满无休止的意义。

停泊在那里的船只是什么，

在那里居住的人就意味着什么。

那些自遥远处而来的俄罗斯人，

他们怎么可能把你的酒全部喝光？

马德林港啊，

在你梦幻一样的洼地里，

但愿我能游子般归来！

1997.1.16

真人之息以踵

真人之息以踵。
在茫茫人海中,
一句古老的话犹如活生生的现实,
指点我一天到晚梦想岛屿,
梦想着在自己的触觉之外站立。
庄子的面孔如一片盛开的花,
在世界的呼吸间隐现。

这个几乎形而上学的人物,
这个在虚空中肢解了庖丁和牛的人物,
他空气一样缜密的步伐,
以及泥土和岩石般的历史,
让今日苟活的人感到生命之初的犹豫。
譬如说,当我从梦中醒来,
世界已变成夜幕中的一点灯光。

在这个无法命名的词语中,
我的上腭变成了天空,

清凉并布满彩色的斑纹,

恍惚的思想从河的一边跨到对岸,

神话在流水上产生,

在喜鹊声中,牛郎和织女幸福相聚。

还需要把握生命终极的准确性吗?

这些稍纵即逝的经验,

暗示着我必须放弃全部的物质,

放弃那些叫作季节和时辰的东西,

让密布八方的星辰,

化作眼前一个古代修道者的内心历程。

1997.3.5

北京

北京主人
北京客人
北京肉铺卷进门

北京男人
北京女人
北京排骨冻得发冷

干燥是北京的天气
肆虐是北京的风沙
门口经过了街道
北京肉铺开了花

主人，客人
男人，女人
外地猪肉在京城

外地，北京

北京,肉铺

北京挂上了铁钩

卖上了京价的排骨

北京的外地

肉铺的北京

主人剔下了猪肉

客人买走了骨头

客人的猪肉

北京的骨头

是骨?是肉?

是肉?是骨?

剁肉的斧。

握斧的肉。

2000.12

留言簿

主人不在家

就是现在

妻子已经带走

钥匙只有一把

是他自己开的门

外边灯很亮

屋里灯也亮

不过没有人

很难说他要去哪儿

他只想转转，溜一圈

外边不像野外

城里无路可走

说不准啥时候回来

主人不在

朋友请别来

主人不在家

他活着时就已出门

2000.12

黑子

黑子

我们家永远的黑子

被送了人的黑子

胸前有一个十字架

小时候让我恐怖的黑子

在四面是墙没有草丛没有树

没有电线杆的院子里长大的黑子

在院子里一直没改变蹲着拉屎撒尿的黑子

肚子饿了会把食盆叼到主人面前的黑子

经常把下巴搭在餐桌上要吃东西的黑子

跟所有的狗一样

爱回头闻自己的作品

也爱闻邻居狗的作品

它从那些树根和草丛以及电线杆子下

分辨出过去的小狗是公是母

黑子最熟悉的是自己的味道

不管有没有尿意

街上只要有突出的物体

它都要抬腿嗤那么一下

黑子不在乎自己的作品被人扫进垃圾堆

黑子从不剽窃别人的作品

它只在乎自己的气味

是自己的气味让它找到回家的路

是自己的气味让它找到最初的主人

黑子只有一个毛病

就是见到什么人都高兴

黑子，我们家永远的黑子

已经被送了人的黑子

孤独的黑子

曾经几天不吃不喝的黑子

见了肉能对主人龇牙咧嘴的黑子

身上长过很多虱子

现在一身毛色脏乎乎的黑子

曾经是我妻子孤独的训斥对象

是妻子和我永远抹不去的心病

2002.5

骆
家

骆家，本名刘红青，诗人，译者，摄影师兼咖啡杯测师。1966年9月生于湖北汉川。1983年至1988年在北京外国语学院俄语系学习，1988年7月毕业并获俄罗斯语言文学学士学位。2000年5月毕业于西澳大利亚梅铎克商学院（MBA）。现居深圳。

著有自选诗集《黄昏雪》，出版诗集《驿》《青皮林》《学会爱再死去》，译著《奥尔皮里的秋天》等。其作品入选2017年 The Caravan: Contemporary Chinese Poetry （《大篷车：中国当代诗选》）。

当心,拐弯的地方总是危险

假如你走在路上

发现风在跟踪你

旁边还有一棵法兰西老梧桐偷偷窃笑

假如一个又一个阴谋在你背后造成

灯光又帮你一个又一个悄悄拾起

假如脖子上的光脑袋大白天突然忘了戴顶帽子

假如睡着的时候被噩梦缠身又睁不开眼睛

假如所有的梦都被掺进了雨水却又不能

搬到太阳底下摊晒展示

假如整齐的鸭队伍一律瘸着右腿走进各自的笼子

假如警察用马路作为借口约好汽车在十字路口碰头

假如你不幸被三角形的碎玻璃反射的强光晃花了眼

        而又不敢大骂历史

二十岁的年轮

第二十一本刚刚翻开的日历

你的夏天真像我穿短裤光着脚丫子特别爱玩水的童年

该不会哭吧

在谷子黄了的时候在母亲帮你选购厚毛衣的时候

你仍不会说一句完整的句子仍不会迈动属于你自己的双腿

         而不需要扶住你的墙壁

谁知道天空从何处开始

谁知道惯于扒窃的手昨夜又伸进了哪个倒霉鬼的衣兜

谁知道哲学家们明天又要召开什么样的大会

      讨论什么样的大问题

谁知道镜子里她的泪眼还有她的笑靥是假是真

谁知道我们的佛祖吃斋怎么又会突然夸耀起

  只有喝大酒吃大肉的人才会有的大肚皮

谁知道每个开头都是不是有结尾每个结尾

     又为什么都一律打上逗点

当心，拐弯的地方总是危险

我是说

等机会到来的时候

你可以跷着二郎腿一直用嘴对着瓶口吹你的啤酒

直到第三天醒来你还不知道是否躺在自己的怀里

我是说

你可以一直站在原地欣赏你自己第一次发现的果实直到

     你后来才使自己相信那原来是用蜡制成

我是说

你可以捏着你的鼻子爱做什么鬼脸就做什么鬼脸

　　　　也可以想方设法不用眼珠子看人直到

　　　　最后别人也不拿正眼瞧你

我是说

你可以沿着大街一路跑过去用好听的话或者

　　　　　　　难听的话随便什么话骂人

我是说

你可以在信里什么都不写然后就投进信箱等到

　　　　第二天邮递员再把它重新送回你的手里

我是说

你可以不让阳光晒黑你白白净净的脸整天望着窗外

　　　　　　　　　盼着没有太阳的昨天

我是说

你可以不用鱼钩渔网把水里所有的动物

　　　　　　都骗到人的岸上

我是说

你可以谁也不理顾自抱着枕头嘴里啃着发硬的

　　　　　　干馒头在舞场的中央

　　　　跳个地地道道标标准准的探戈舞

我是说

你可以在吃完馒头时再用报纸做成一个漏斗

　　　　　　把剩下的馒头渣儿一股脑地

　　　　　　　　全都倒进你的嘴里

我是说

你可以在黑的夜晚用黑的棉布蒙上你的黑眼睛
　　　　　再架上一副黑的眼镜为的是
　　　　不让你看见别人，别人也休想看见你
我是说
你可以爱听什么音乐就听什么音乐爱画什么画就画什么画
　　　　　　爱写什么样的文字就写什么样的文字
　　　　　　　　　爱坐到哪里就坐到哪里

可是假如你不顾我的劝告不顾你的理智硬要到那城市里
　　　　去呼喊乱窜而不顾左边钢铁为你举起的红绿灯
我可就要不顾你的劝告不顾我的理智
　　　　　　最后一次提醒你
当心，拐弯的地方总是危险

1986.4.17

林中,一个寒冷的黄昏

树
落尽了叶
也落尽了忧伤
乌鸦飞走了
让高高的巢留在树梢
于是
所有的流浪汉
都把它当成了自己温暖的家

1988.12.11

黄昏雪

又梦黄昏雪。

静静地,黄昏雪落满我的发间。

你似乎并不在乎,我的寂寞?我的荒芜?还有我冰凉的伫立?除了黄昏雪留在指间融化的温柔,我一无所有。风卷起那白雾,告诉我,夏日湖里溅起的欢乐依然锁存在季节的日记里。

黄昏雪,今夜你是否失眠?

季节河里听惯了水声,如今,又冰封成一片不忍分离的晶莹,向远处延伸……延伸……为了找回那蜿蜒不尽的小路?为了告别昨日的风景?为了不让目光再次跌入岁月深深的浪谷?为了望穿那一汪洋泛滥的秋水?

黄昏雪,飘向静静的季节河。

你曾消失得无影无踪,只在那跳动的记忆里溢出你的笑脸,只在长长的梦眠中编辑你彩色的信封。

黄昏雪,现在,我又走进你洁白的视野。
再一次翻开挨打的童年,再一次体会无邪的初恋;
二十三岁,已让我深深浅浅的脚印重新打上标点。

还记得那一夜远远映闪的星星,比喻着深邃,参照出高远。只能仰着头看你,我星空中浑然天成的黄昏雪;许多年以后,当树林不再长大的时候,你就纷纷向我飘来……飘来……

在你的季节里,请记录我缓缓的脚步,记录我凝凝的注视。
你理不清的纷扬思绪中,一个沉重的符号,弹出了你空旷的声音;一个灵魂的坐标,显示了你亘古的置点。

黄昏雪,你的世界离我这样近,又离我这样远。

你在烂漫的春日里曾经许诺:你能塑我成一座雕像,让我在你的季节里守护你宁静的方圆、你纷繁的情愫、你洋洋洒洒的流动感。让我冰冷吧!愈寒冷,便愈留存长久;愈漫长,便愈执着坚韧。

"你的季节里,你塑我成一座雕像?!"

黄昏雪,寂静如从前,静寂如黄昏。

1989.3

心底吟唱的歌不要标点

> 词的性质都会变成他个人
> 早已忘却的儿时往事的函数。
> 实际上我们这里并不需要
> 对一个词做理性的解释。
> ——美国现代分析哲学家 W.V.O. 蒯因

心底吟唱的歌不要标点,如诗
入画的意境,刹那间失忆的词语跟着你
地平线的角度时刻都在改变,即使
你不改变自己,别人也改变了你
记住比忘记,哪一个更难一点
你想知道忘记也不会告诉你
感觉被谈论的时候,感觉已经淡去
留下躯壳精心布置的碎片迷恋你
释怀的心,娱乐自身的彼时
不是他人无法沉默的此刻又是什么
反复地,你说吧

我说他说,大家都在絮说些什么
我在空间飞行像光穿过隧道,顺便
却打发了时间,一个未知的什么
结尾部分总是雷同,"砰"的一声
到了终点还是起点,一个已知的什么

2002

我就变成了自己残缺的阴影

一些内心深处的涟漪

也会带来不安与骚动

我只是不便诉说

就把心事交给抹不去的阴影

留下内省、留下了孤独

心就失去了童贞

不曾玷污的伤口如今只剩残缺的疼痛

然后美丽如初伸出粗糙的手

触摸暗影中的深邃

昨天已经失去了,未来晦涩不让你懂

也是因为失落在不曾拥有的未来中

譬如语言失落在似曾相识的诗里

此后的每一天

我的脸颊就会掠过一丝清风般的颤抖

终结或者开始

如同白天一样需要黑夜的句号来标点

我引人注目

可能仅仅因为我的伤疤，不是我的微笑
我在崩塌的田野里建筑我自己
我在塌陷的峡谷中攀登我自己
阴影在投射
阴影需要忍受轮廓的雕刻
然后我在自己的阴影里等待作品
等待我自己独自面对这样的绝对
虚无缥缈
而虚无缥缈的绝对不会自己返回起点
或有或无的梦里
我就变成了自己残缺的阴影

2002

雪终于把树压得更低

等待了很久就换句话说,林子里
饥饿几乎要爆发血的冲突,过去了
很多天,很多阴霾的天

透不过气来
思想突然像篝火一样明亮
历史的灰在夜风中飞旋

谁可以保证明天之后还有明天
老天爷说完了就忘,婴儿的游戏
那些成熟的蝌蚪在哪里

不是期盼早生华发也不是返老还童
要么自由地脱落
或者索取极限的自由

就在同一天被再次瓜分,谁的
就是谁的,移动的物仍只是参照

寂静的岸在视线的尽头融化

说下雪就下了,越下越大
而且据说
雪终于把树压得更低

2004

最温柔的不是脚印,是湖面

看不清的真实一定是那模糊的城
泪珠在眼眶已窥视很久
轻易地滑动,是时候了
再轻盈地滴落
再轻松地粉身碎骨

马赛克拼成的网留在原地
分割且拉扯视线的距离然后逃逸
从某个角度升起,奔跑的眼眸
然后又在某一瞬间
纵身跌落的不知道是不是爱情

其实雪山每时每刻都在融化
无须征兆,也没有提示的按钮
一直没有停止,这篆刻的诅咒如血
脚印,即使是最温柔的脚印
也不能指望无痕的湖面

2005

"冬日黎明灰色的窗棂"[①]

阳台上晾晒的蓝色床单遮住了你,"冬日
黎明灰色的窗棂",太阳也没有醒来
没有一丝的云,我知道,霜露正在酝酿

曾经多少次空怀迷茫,石头
落地的声音,是不是已传播得很远
不需要再低头沉思,尘土飞扬

冬天的风就在门槛上跳舞,不眠之夜
慵懒的猫在角落里酣睡不醒
骨头的疼一阵比一阵紧,该不该放弃

[①] "冬日黎明灰色的窗棂":摘自博尔赫斯《G.L. 毕尔格》诗歌中间的一句。G.L. 毕尔格(1747—1794):德国"狂飙突进"运动领袖人物。博尔赫斯在葡萄牙语中的发音跟德语中毕尔格的发音类似,此诗是博尔赫斯借用毕尔格的姓氏写他自己的一首诗。

"冬日黎明灰色的窗棂",依旧那样冷峻
沉默,为什么还是要在原地不动
静观其变的火苗,只待青烟

2006

静物写生

一只花瓶叫花枯萎
是一只青瓷一样的花瓶

经不住这样的诱惑
你终于伸过去你的怜悯

没有喝过杜松子酒,味道
藏在瓶子里,危险地跳舞

眼睛比不上好奇的颜料
线条要醒目,就用血红

静物,背光下凸现光亮
轮廓已有水一样的惊喜

为何情人的眼里都是蓝色,还有词语
及故事的内心,还有投掷沉底的石头

2007

没有出口的窗

伸出手
世界变成了几个狭小的缝
知之不多
寡言反而成就箴言
悖论不是由猫决定①

或生或死
不是只有二者必居其一
像闪烁的灯忽隐忽现
时间绕来绕去绕成了一条线
倾斜的草图是一张哭过的脸

---

① 悖论猫,指的是"薛定谔猫"的悖论:想象在封闭的房间里有一只猫,还有一个装满毒药的玻璃瓶。玻璃瓶系在一个器械上,当量子事件发生时,例如用一块放射性物质发射 σ 粒子,器械将打碎玻璃瓶并毒死猫。如果玻璃瓶破碎,死亡是即刻的。我们大多数人会接受,猫在给定的时刻或活或死,二者必居其一。但是如果人们认真地采纳哥本哈根解释,那么猫以某种方式亦活亦死。关于猫的波函数构成生与死两个可能状态的叠加。只有当打开房并"测量"猫时,猫才"变成"或活或死。E. 薛定谔,(1887—1961),奥地利著名理论物理学家,是波动力学的创始人。

广义和狭义

顷刻间相对沉陷

一半是时间

一半是天空

在窗外的阳台邂逅

墙上的钟停止了滴答作响

窗户没有出口

窗棂依旧

好东西不衔在嘴里

衔在无论什么地方的那里

2009

灯光鱼

如果海漆黑一片,灯光鱼
是安全的。暗夜学会了放纵
暗夜还擦亮了海的眼睛

灯光鱼四散而去,像鸟儿
飞向海底。为解脱还是为菩提
微笑、原谅、遗忘,再消遁无影

最该被记住的,是寂寞之波
平淡无奇的日子一样日出日落
灯光鱼,蹉跎的时光如犁

夜已然不再属于你,灯光鱼
吞噬的生命无所来,亦无所去
那束光,比夜更长

风拂面无形,真实、虚幻
长不大的孤独与生俱来,灯光鱼

直至寂灭方知长不大之谜

灯光鱼,莫非你惧怕死在黑暗里
为着光,亦早亦晚忘却性命
没有光,你始终无法成就自己

尔时,灯处无人犹弄影
黑暗谛是光之晕。灯光鱼
鱼之方便门

2014.4.28

青皮

青皮是一种树
一种滨海沙丘中稀有的树
这许多年,像冰山一样
青皮一直只是一道被保护的风景

从槟榔林里人们抬出了一篓篓槟榔
从香蕉林里人们扛回了一杆杆香蕉
从椰子树上人们摘下了一车车椰子
而从青皮林那里人们什么也不会得到
除了祭祀祖先

一大清早
我钻进了青皮林
像个孤魂

2014.7.19

第五个夏天

沙滩上到处是海草的草籽
像等待孵化的鱼卵,绕过
海岸始终不愿意睡着
如我之不眠

渔夫和船似乎相反,老爸茶
让他们积聚了一天的能量
此时正好推船出海
他们急需浪的鞭子

2015

那些死去的时光非亲非故

榕树、滴水观音和传说中的 G 蓝
还有往日的雨雪、风、温情
它们并不能使疼痛和北霾消失
它们只是分担自己的部分

有些树叶也不指望最后的清白
即使风在催促；大户人家诉或不诉
影子依然不会投射到你我身上
它们厌倦被一口浓痰锁住哑嗓

你须学着少安毋躁，那些死去的时光
非亲非故，但又比失亲更悲切
我只能相信它们的冤屈可能更久
可能关乎世间共同积欠的劫数

每片叶子选择都不同，有风
无风的季节，死等一湖水沸

2015

我们都曾有过美好的往日
——给过了五十岁生日的人

也许生活欺骗不了你,五十岁的人
那些往日都曾有过的美好回忆
十字路口垃圾桶上趴着一个流浪汉
看不清是男人还是女人,昏睡

他的脚和裤腿被塑料布之类的垃圾
臃肿地绑在一起,粗如象腿
你能想到人生有多滑稽就多滑稽
而他们迷惘的眼里都没有忧郁

萨特磨坊的那块金子如果不被更早地发现
金山不会落得如此旧名
比起码头那边的晨跑者,街角
年轻白人乞讨者有一点懦弱,还有一点自恋

对待纳帕谷的葡萄酒,你说要轻拿轻放

像牧师对待圣经或田野上的追逐
而我已想不起这是不是哈代的名言
"当我老了，我还能活在你的世界"

2016.2.19　旧金山 Sutter 街 489 号

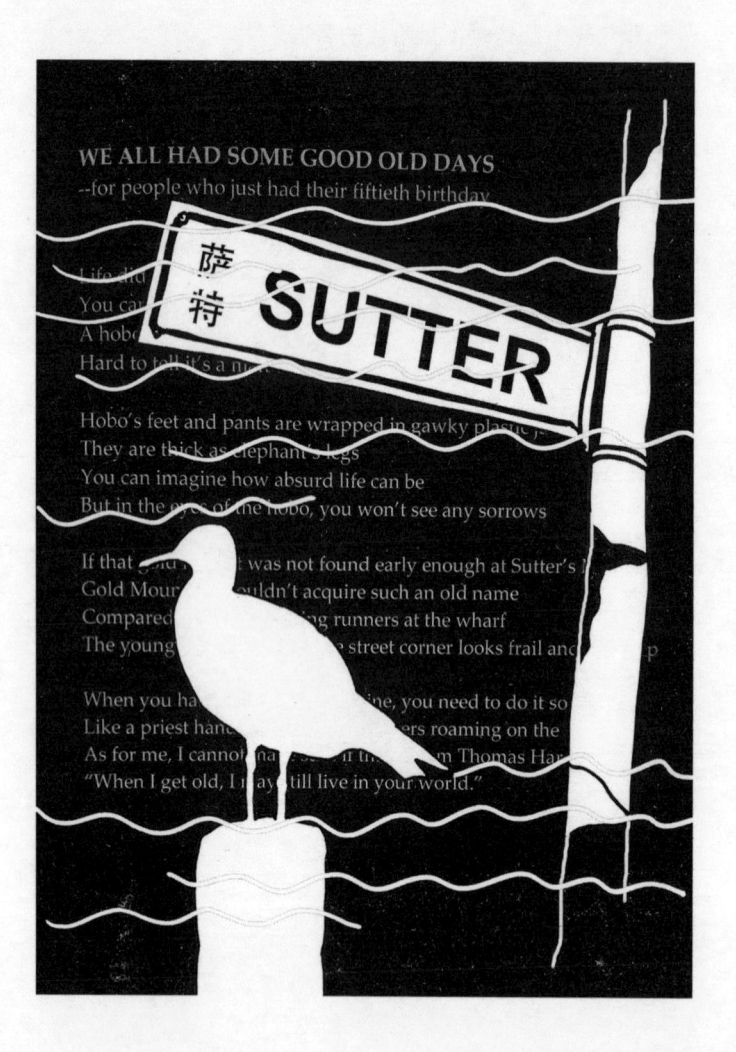

WE ALL HAD SOME GOOD OLD DAYS
--for people who just had their fiftieth birthday

Life did
You can
A hobo
Hard to tell it's a new

Hobo's feet and pants are wrapped in gawky plastic
They are thick as elephant's legs
You can imagine how absurd life can be
But in the eyes of the hobo, you won't see any sorrows

If that gold was not found early enough at Sutter's
Gold Moun   uldn't acquire such an old name
Compared   g runners at the wharf
The young   street corner looks frail and

When you ha   ne, you need to do it so
Like a priest hand   rs roaming on the
As for me, I cannot   m Thomas Har
"When I get old, I may still live in your world."

萨特街 Jone Guo 8/30/2017 金重

莲（给姐姐）

人们都偏爱她的幼年和花期
我也是。妖娆的荷色
湄公河边，人们用她
叠成更大的莲花，青涩地祭河
祭菩萨，还有青春

和奶奶一样，我更爱她的莲蓬
抵挡饥饿，之后的莲蓬筛、绿壳
畸秧子是我和弟弟们儿时的玩具
莲蓬棉是秋时的厕纸
一如完成它的修行、正果

如今落在水泥的屋檐丛林里
再不见初夏的荷塘月色
只等到九月的街边树荫下
偶遇一位担卖莲蓬的农村姑娘
她不吆喝，麻利劲儿似我姐

2016.9.10

短歌
——"亚历山大俳句"

晨曦喷薄出,每一条光线心里
都希望是带火焰的箭。独燃净

朱门的映柳,唯秋影戏南墙兮
熙熙攘攘的簋街,无利都摸黑

新太仓胡同深处,庭院和落红
和落黄都有了着落。秋色难养

厚厚的云层厚如鞋底。那余晖
穿出来像姆妈东厢纳;人如霞

迈过海,黄昏比你想要的给得
还多。但真正打动你的是记得

谁不走弯路呢。地球是椭圆的

那厢譬如生与死，不是活与亡

太阳升起，贪图衣食无忧的人
烙记衰老。排队去墓地的路上

像跟自己相处一样，与海为伍
像六月七月，像从不彼此厌倦

九路公交尖叫着刹车，停住了
我来又不是配种的，就不上了

那么多人，争先恐后嚷着做鬼
有魔有快乐。老南瓜过冬不朽

来自亚历山大城的人，真来了
会写亚历山大俳句的人，去了

我将世间万物遗忘，只记得这
稍纵即逝的冬日暖阳，和疼痛

2016.11

死亡自拍像
——为摄影师杜安·迈克尔斯和罗伯特·梅普尔索普而作[①]

终于可以死一回

而不用担心真死了

终于可以正儿八经地死一回

而毋需承担死的责任了

但也不打算死得太难看或者太好

反正只为尝试着死这一回看看

死亡，这最后的疯狂

没有撕心裂肺的哭号

没有肃穆乌衣人的送葬队伍

看不见教堂和牧师

当然也无须墓地和马蹄莲

[①] 杜安·迈克尔斯（1932—　），美国摄影师，1968年完成自己看着自己的《作为死者的自拍像》；罗伯特·梅普尔索普（1946—1989），美国著名艺术家，1988年完成当作"遗作"的《自拍肖像》，1989年惜因患艾滋病去世。两幅著名的摄影作品均收录在 *the camera i*。

似有某种祭奠未知和凝重裹挟着
对,那是"作为死者的自拍像"
熟悉又诡异神秘的诱导

是的,死亡面前
我们将一律分裂成"观看者"
或"被观看者"。无人被诅咒
死的极限是法,那意味着人人平等
即使是一场死亡的扮演
并略带一丝隐喻的光芒
死,这最后的欲望

2017.2.10

虚构的破绽

花开那么酽,春天
也没露出任何破绽

这里的云活着着实体面
雨不露怯却留下了漏洞

马脚开始就原谅了路不平
坎坷是它最初本来的样子

人言之檐下不想腾挪拘谨
护膝般小心翼翼护着晨昏

叫卖麦芽糖,用塑料玩具枪
相互射击。木棉花还没退场

刺桐又开,这虚构世一切安好
唯无色墙上的空窗惊慌地张望

相比之下还是沉稳的石头不露
声色，即使太阳已烤得它发烫

2017.3.16

南海滨墓园

"当你们化为一缕青烟冉冉升起时,
你们还会歌唱吗?"(保尔·瓦莱里)

我们决定先走绿道,缓缓攀高
七月仍未辞别山中的回南天
洞背村的黄皮忘记赞美野荔枝
浓雾天油柑子找不到山柑子
某种隔离与拼贴,我们常常黔驴技穷
莎翁有一句"此外唯余沉默"
龙眼的嘉年华错过后
我们羡慕害怕我们的鸟儿
自然教会我们静默是一种奢侈品
无回声实验室里
我们就是自己的恐惧

我们下山的时候,就是人到中年
我们走向海滨
无人意识到我们成为一排移动的树

八个人八种植物,同一个"属"性
愚蠢又聪明,软弱但坚韧
懒惰并勤劳,机灵且无知
憨厚而又无比狡猾
朴素又出乎常规的豪奢,自恋
而记忆力不如克制力的一个"科"

走这条路我们就必须穿过海滨华侨墓园
说这句话孙文波显得格外神秘
而我多瞥了一眼斜雨的海滨
雨中,我们眯缝起眼睛
每一步看上去都是一种仪式
仿佛最后的一步。随之而来再迈出那一步
显然已成为意外

山坡上俯视墓园,安静、岑寂、高古
好像我们脚踏石条的纷杂声音
墓园长大了,黄灿然早已发现这一点
它们几乎快伸进海的怀里
我们就这样凝望着
墓园、海水和一些回旋晕眩的光影
我们将成为它们长大的一部分
我们将被它们俘虏

不可逆。每一天我们都为此分心

我们吐故纳新,沉沉浮浮

我们在哪里,我们的目的地?

但我们注定落入自己的陷阱

四分之一拍的休止符

最温暖的是我们脚下的泥土

它们将用冰冷的灰最后收留我们

幸运的是,届时没有谁再需要

拉响"巴特森之铃"①

穿过拥挤的南海滨墓园,多余的话

我们一句没说

2018.8

---

① 巴特森之铃,由于医学发展程度的限制,19 世纪早期的医生无法确切地判断一个人是否彻底死去。为此,乔治·巴特森发明了一种铁铃,它被安装在死者的头部位置棺材的盖子上,假如死者没有真正死去,便可以拉响铃铛求助。这就是巴特森之铃(Bateson's Belfry)。参见《静默是奢侈,还是恐惧?》[美]约翰·毕谷纳特著,康凌译,P40(译者注)。

June 8/13/2017

姜
山

姜山，1971年生于辽宁朝阳，现居北京。1990年至1994年在北京外国语大学英语系英语专业学习，获文学学士学位。1999年毕业于美国印第安纳大学商学院。先后任职于安达信、华尔街投资银行及若干境内外投资机构。

出版有《危兰》（个人诗作）、《给歌》（个人诗作及译作）、《从雨果到夏尔》（一次通过译注法语诗解读现代性的尝试）。

在暮色中

抓紧我在暮色之中
像一幅画风景正层层消融

暮色熄灭你一起消融
暮色尽头凝望我是失速的眼睛

夜的宫殿开启我听见巨石之梦
一座城市疯长飘满白色的瞳孔

太阳的面孔记得我两手露水
草叶苍茫此刻只有它的背影

2012.9

置上 [1]

从我心中流出之水
变作我的灭顶之灾

化身为马那片海洋
粉红色味蕾刺痛盲画匠

歌唱远方之上飘来
干苜蓿丝丝体香

抹光痕迹墙壁悬上
眩晕的土烧制砌就

俯瞰大地血铺开大地的图案
背靠天空死亡通往天空之梯

---

[1] 于凡画展。

它肉身上收割箭头
放牧丛林时刻那些锋利

秋日漂浮断腿之马
羔羊与千禧打磨的裸体

2012.11

万物沉默

当晨光叫醒我

我是街道的温度

与一点点天空的温度

屋檐　路肩　街灯

它们分别的影子

之间的对话　与

更远的万物的沉默

2012.11

致巴黎

1. 第一夜

看春日丰满的树
想起它们秋天的样子
黑暗里
巴黎更加陡峭
岸上的人们
啜饮漂流的记忆
昨夜我在梦中
重新布置房间

2. 第一日

圣日耳曼春天的树
像鸟的翅膀
在巴黎阳光下
羽翼渐丰
上午下午，左脚右脚

晒干漂流的痕迹

想起一双赤裸的脚

埋在看不见树叶的春天

3. 从圣母院到铁塔

把自己变作最锋利的刀尖

才能保持抵达天的希望

4. 傍晚到卢森堡公园晒太阳取暖

当我的身体

变作这个夏天的一部分

雨无孔不入

阳光了解悲伤的空洞

美丽是岌岌可危的平衡

只有谦逊能勉强维持

暮色里起飞的小鸟

衔石子喂夜的饕餮

5. 五月十一日版《经济学人》

看不见树叶的春天

幸存的矮巨人们做着热梦

流淌乳汁与蜂蜜之乡

日出前街巷切开透明的血管

喜马拉雅正变作一块干枯的石头

西风运冰雪为喀喇昆仑建造天空

亲爱的我的翅膀已撕成碎片

你是上面的光线或下面的风

6. Hamstead Heath[①]

天黑之前（雨下之前）

我赶到了 Hampstead Heath

为你采下伦敦完好的面容

回头看自己走下绿色山冈

想起你夏日的肩膀

星星填满禁泳的池塘

天亮前我将它们一一擦干

你喜欢握温暖的手醒来

诗人进城还没回家

好奇带我私闯邻居的庭院

---

① 位于伦敦北郊的高地，诗人济慈、劳伦斯等曾住在这里。

走向车站时我开始忧伤
你心中曾住另一个人
那时你像桥边树上的花
开得无声自由而热情

7.《伟大的盖茨比》

走在蔚蓝的圣日耳曼大街上
从一片天空滑入另一片天空
我的每一个池塘
光滑、坚硬、易碎

易碎的晴日（éclaircie）
像一趟不守时而随时到来的公车
渡我穿过雨专制的午后
探出车窗的目光被淋湿

淋湿的树叶
即将填满时间之水的泳池
那是一座被未来与过去的马赛克
四壁包裹的泳池

泳池的底部

深得总让人觉得连接天空

有多少片落叶就有多少颗星星

和多少个溺水者

溺水者了解海底

每艘沉船与每座城镇

信号灯模拟着情人的眼神

那扇朝圣日耳曼大街打开的门

8. 某月某日经过超现实主义诗人广场[①]

像一场最初的热恋……

你曾如此投入

今天你觉得未必全部值得

五月改变了你的一生

你一直问如果从头再来

傻×，傻×

这个傻瓜的节日

[①] 路易·阿拉贡广场，位于巴黎圣路易岛（Ile Saint Louis）西北角，Quai de Bourbon 拐弯处，与巴黎圣母院隔塞纳河相望。

这个傻×热情残酷
你对他的承诺无法自拔

你穿上六月的黎明
潜回夏日黑暗的内部
高声做梦的爱人们
短命并注定被永远记住

像头枕烈日的影子……

2013.4—5

八月巴黎村庄

1. 圣日耳曼大街

沿蔚蓝色的圣日耳曼大街顺流而下
脸上的秋风越来越硬
黄金的枝叶间
天空正在瓦解
布下冰雪的阵营
两岸山上结满石头
被时间似流水吹得呜呜作响
我如此年轻
已罪孽深重
我能嗅到末日的味道
你将了解最后那场风暴
在远方
在你体内生成

2. L'Assomption[①]

八月清空了这个村庄和乌鸦的胃
风悄悄在处女的裙摆下盛放
我们曾不断重复的词语
像一群贫穷而欢乐的孩子
趁夏末的忧郁蔓延之前
带我回我们的家

3. 石头记

上帝在山上放了一块石头,本来为我们与天空,够到彼此身上的伤口。在夜里,我们偷偷盖了教堂,石头对石头,用心脏小声搭话。天亮前,我们在山顶建了教室,通过数学、音乐和诗歌,看到了自己的过去,一边吐出我们一边吞下我们。我们用一生,不管走多远,只能走到今天。

4.

做一个夜的流放者

[①] 圣母升天日。

和晨光之王

5.

做一片山坡

秋千一荡一荡

天空的味道

越来越浓

人间午后

做一个做鬼脸的手

做一个沾满口水的皮球

6. 静物

死去是自然的一部分：

塞尚用一张纸

叠起奥赛的明亮

2013.8—9

Le Bateau Lavoir[①]

天翻过蓝色的手背

把手心里的雨洒下

在街上,有家的人

一下子变出一把把雨伞

有人,在雨中疾走

或在陌生的屋檐下立住

他们,被一句咒语

赶出了家门

门后、窗后幽暗的空房间里

住着热烈的疯狂的鬼

他们中的一些,一百年前搬家

过河,到离我家不远的街区

2013.11

[①] "洗衣船",指一座被比作塞纳河上洗衣船的建筑,位于巴黎蒙马特高地,曾是工厂,后改造为艺术家的居所和画坊,是现代主义艺术发源地之一。从这里走出了毕加索、勃拉克、雅各布、莫迪里亚尼等人。

云生活

北京之夜

从云里取出

雷、闪电、大把雨点儿

趁夜自得其乐

我从云里取出

施特劳斯、蝶变、卡拉扬

马勒、巨人、海丁克

假如在此刻

你想再见上一面

从一片云里

取出了我

2014.9

当离开这座城市的时候

星期五晚九点
像工作一样
忙于启动周末生活

东四环辅路
莫名其妙拥堵二十分钟
晦涩正如预言落在夜里

明天
只是我在这座城市的绝望
进一步加深的一日

想见离开她的一日
是早晨或傍晚不再重要
就像此刻不必分辨
淹没她和我的
是一场冷雾或干涩的霾

当离开这座城市的时候

我将是一个孤儿

更为接近构成我的元素

我看见

它们正加速离我而去

就像我

时时刻刻

离开这座城市

2014.11

外滩,二〇一四

在最接近星空的城市
之巅
有一颗星星被点燃
被熄灭
无声无息,无影无迹,无人
觉察
星空如此喧嚣,璀璨,短暂
河流垂直的倒影,是深渊的
视界线

在离大地最远的
混凝土台阶上
在一朵花关于自己的
梦里
大地繁忙,不停转动一只巨轮
有朵花碾碎,她感不到一丝疼痛
大地只是,才是

我们
出生与葬身之地

2015.1

Quarrel with Qiu Tian[①]

秋天，秋天

北京的金秋

或金秋的北京

小学时

反复出现在各式病句里

（小学，做不完的噩梦）

九月

上帝保佑我，顺利升入

一所普通中学

秋天，秋天

在北外

我们踱入晨读园

不为朗读，那是

在停电的晚上

今晚，风同样硬朗

---

① 与秋天争吵。

吹拂一位过气网球天王
滴汗的稀疏卷发

秋天，秋天
经过麦子店
就跟从金色的阳光里
能采下最后一次蜂蜜
老，快乐多多少少
需要一点狡黠
或称作智慧的东西
就跟你能选择
落在忧伤的任何一侧

秋天，秋天
是一个借口
你可以用来老去
或历数青春回忆
你可以沉溺于颜色
或把自己归于
一种抽象的形式
谁没年轻过？
背靠秋天，一个睡在凉炕上的
傻小子

今晚，你仍怀抱热情
你就是凉炕！

秋天，秋天
天啊，我怎么变得
如此絮絮叨叨
自言自语？
秋天，我在与谁争吵？
是你，秋天
还是跟我自己？
秋天，是收获的季节
（只有在温带）
在一片温带的鼓噪里
修辞灿烂
诗歌成熟

2015.11

溺亡者

开始

记忆是海

遗忘是岛

后来

遗忘是海

记忆是岸

水在你背后

水在你胸前

水在你手上

水在你脚下

拼命蹬脚

试图踩住

遗忘下面的

记忆

记忆下面的

遗忘

舒开双臂

吐出最后一口气

窒息

是蓝色的

开始飞翔

仰在光滑的倾斜的

天空上

在一只真正的鸟眼里

你小到

像动荡的海面上

一段短暂的静谧

此时

你正抱着一块石头

也被它抱着

沉向海底

2015.4

Casta Diva[1]

纯洁的女神

像一只清晨的鸟

把祈祷唱进天空

平静

永不离开

将要醒来的梦中人

爱情消逝

余生还长

生命、荣誉、信仰

全部筹码——

摆在手上

一派夏日午后景象

攥在冰凉的手心

"像一只清晨的鸟"

---

[1] 贝利尼歌剧《诺尔玛》中咏叹调《圣洁的女神》。

纯洁的女神

张开天空之网

捕获命运

2015.5

A Long-winded Autumn[①]

我曾经把你撒进空中

像一粒尘土

我有一天也将变作

曾经

树顶的叶子

一片一片落下

我有一天也将是

最后的树叶

手捧两片落叶

像手捧父母的重量

（这是

刺痛我的东西）

在秋风眼里

我把自己想象成

一根枯枝

---

① 絮絮叨叨的秋天。

喃喃自语

我有一天也把自己
撒进空中
像一粒尘土
踏入虚无
从哪里来、到哪里去
是困扰过我的问题
我不再是我
是不是答案的答案

我不再是我
我
不再是我
我只知道
记忆
留在哪里

2015.11

你认出击中你的一颗子弹

你站在白昼中心
你确信吗
也许,白昼
只是一个灯火通明的房间

你清清楚楚看见
那些门窗
似乎伸手就触到
并能随时打开或拧紧
也许,那些门窗
被用作黑暗涌入
或回收你的通道

你穿过黑暗
同时跌回
最初若干可能的起点
人世
像一只影子

飘过面前的玻璃

玻璃,房间
白昼,轰然粉碎
泥坯变硬
可能变成唯一
晶状体
难以觉察地弯曲
世界,柔软无比

你开始原谅一切
一切个人之恶
都来自这种柔软

这种柔软
是你与世界
在同一高度的曲线
你将不再能
从这条曲线之上
升起

2015.11

Prélude à la nuit[①]

某些地点
某些日期
是
要在航行中谨慎避开的暗礁

说到暗礁,那是因为
你的生活
是展露在阳光下的水面
在底下,你一直被
某些礁石
吸引

像
从生到死
在万有引力
加速的轨道上

---

① 夜的前奏曲。

说到引力的图案

从中点开始

生命

就不再是一条直线

你不过还没老到

失去藏起那些转折和弯曲的余力

某些地点

在街道肮脏丑陋的对面

某些日期

在一个陌生人记录独白的书上

2015.12

纽约时报书评系列（二）

My Secret

Something sinister in the tone
Told me my secret must be known

Bereft, Robert Frost[①]

罗伯特

这儿不是新英格兰

到达地面的阳光这么少

有时

我把雪粒

错当成碾碎的阳光

大街两侧招牌上的字

与它们的反义词

[①]《我的秘密》："声调中某些邪恶的东西，提示我的秘密一定大白于天下"（B. 罗伯特·弗罗斯特）。

互文为一连串秘密

可那些秘密

世人皆知

懒得点破

我自己

活在另一个秘密里

在这座城市

某些角落与循环的时刻

我不担心真相大白

它

越来越小

人们视而不见

真相

一步一步跟着我

吞噬我身体里

剩下的时间

像一个坚定的搬运工

当一个秘密

最终从世上消逝

就是说

它营建的另一个世界
近乎完美
刚刚落成

2015.12

Artist of the Void[①]

最冷的一日
午后还是过于柔软
我在等自己的心
像冰一样坚硬
而不是跟泪
一样润湿

虚无
我只能跟大多数人一样
想象虚无
连思考虚无
都像迈入它的第一步
那么艰难
面对虚无的一刻
我跟大多数人一样
已被虚无吞没

---

① 虚无的艺术家。

而虚无的艺术家

在虚无之上行走

或面向虚无

纵身跃下

看起来

像一个回归概率的事故

意志本身

早与虚无界限模糊

如一只铅坠

包裹在

几块从虚无里

聚合的筋肉之中

最冷的一日

必须面对冰并以冰结束

冰是虚无呈现的方式

令人得以把握

在融化之前

冰也是面对虚无的方式

让瞬间的坚硬

看似永恒

2016.1

虚无的艺术家 Jone Guo 7/26/2017 金重

鱼缸

有一天
(今天,也许昨晚)
我的世界变作一只透明的鱼缸
我是一条鱼,到那时也已通体透明
一池水,慢慢溶解记忆
直到沉重,波澜不起
看上去,还是一望到底
我的记忆退回两秒
像一个没有未来的孩子
游在溶满回忆的水中
水因记忆饱和凝固,像一块透明的固体
水的中心
有一个针头那么大小,时间的缝隙
那么细密,我是自己的谜语
与被世界洞若观火的谜底

世界看得出,哪个是哪个的倒影
世界是那双吸收并不再发光的眼睛

这是一个比喻，是我想象

剩余世界的方式

就像我把四周的黑暗

时而看成有的视界，时而，无的知

2016.3

二次元

摧毁透视感的力量
是一次失控事件
或时间次第的消磨

所有文字的废墟下
绿色数字
在无穷图案里永生

这是对于全集的幻觉
及潜进一条直线的任何点
和某一点

弧面上的碎片
散落或偎依,那些
平行的世界

2016.3

时间终于逃不过

在想象世界里

我在上一个错误前止步

我们在一起

像两棵步入中年的树

我们,一直在一起

像两棵树,渐渐地

分不清枝叶,长进

彼此身体

在平行的一生里,一切

达到完美的精致

只有时间恪守普世的圭臬

"时间终于逃不过"

身体各个部分

纷纷老去,离我们而去

(大多时候,我先于你)

时间把我从你身上剥离

像你感受自己的眼睛与手

越来越陌生,直到
完全被另一个灵魂
占有,挥舞着
独立于你的意志

当你从我身上剥离
当背叛刚刚开始
我充满怨艾,甚至觉得
与世上的美好无缘
必须麻木,毕竟记忆
还活着,肉体已死去
后来,记忆也销蚀
世界只剩,一片澄明
时间的止水中
结构去来的倒影

2016.5

李 金 佳

李金佳，1973年生，哈尔滨市人。1992年至1997年就读北京外国语学院法语系，后留学法国，研究文学翻译学，获法国巴黎大学比较文学博士，现任教于法国国立东方语言文化学院。

多年从事汉语诗歌、短篇小说创作，作品发表于《大家》《读诗》《诗潮》《诗探索》《星星》《字花》（香港）等刊物。另有汉译法语、西班牙语诗歌多种，散见于《诗探索》《译诗》《诗歌风赏》等杂志。2009年出版诗集《黑障》。曾获法国青年法语作家奖。

盛夏的废墟

　　我回到盛夏的废墟，像回到我父亲的谚语。我站在废墟上说话，用古文预报天气，一遍又一遍，不加句读或喘息。说到天气发生，就坐进鸦雀的阴影，摇动一只残废的铃。

　　铁打的空虚装着半盒铁钉。我将其一一磨洗擦亮。等殷虹的风暴来临，就用它们，把最歪斜的雨，钉上一盘散沙的墙。

2014.9

楚王

楚王又梦到玉腕神女,拎着一双玉雕凉鞋,从天空的沙滩踏浪而来。踝骨尖温润,像经历千年的透闪石。三阴交娇嫩,如抛光过蜡的战国红。

醒来,揣摩良久,悟出那又是卞和乔装改扮,跟踪而来。舌尖舔上去那种涩涩的感觉,可以作为鉴别的依据。另外,她的玉都长有玉茎。

"交合毕竟美好!"楚王对宋玉说,惆怅而烦宛。宋玉登阶拜舞,伏问楚王:神女是否身藏破玉刀。

楚王沉吟良久,待东方既白,眼看就要钟鸣鼎食了,方抚须答道:"她吹气如兰,白玉兰。"

2014.10

巷伯

  我主管三个项目：宫内的道路，迷宫内的草原，一切半包围的字。我规划的路口无声无息。我放养的黄花受过腐刑。凡百君子用谗言编织锦绣。锦绣过时，我于中夜披露而行。至蝴蝶坂，吟唱蝴蝶的荧光，思念君王。再至蝴蝶坂，手扶蝴蝶的黑暗，等候黎明。三至蝴蝶坂，用鱼肚白涂面，骗过蝴蝶的哨兵。四至蝴蝶坂，在第一班长途客车里，用微言大义，赶写去年的起居注，发给朋友圈。

2014.11

朝鲜津

洪水之外的天空不值得堕落。我的鬓发里埋藏着朱鹭的尾骨。

退化的无沿岸展开花白的风。我怀抱救生的酒葫芦乱流而渡。

妻子说：谁先死谁喝酒，谁后死谁唱歌。

妻子说：他的妻子跟我学过箜篌，多数挽歌只能唱到唐末。

妻子说：咄！我不会提出的任何问题，你都要站在水莽草里回答！

2014.11

河间

  龟背着无字碑在夜里走失。河水的皮烧得七裂八瓣。玉工成批复活,占据河岸高地,凭记忆拣选石头,为董太妃雕刻脚印。

  河水的皮烧得翻卷,像大鹏展翅。我漂浮在女人的哭声中,背诵酒令,四处出现。

  河水的皮烧红,像奔流的火烧云。倾斜的渡轮上,抛出橡皮小艇。小艇空洞,逃生是一出样板戏。有花面老人向远方伸手,有四五人睥睨而笑。又四五人,掏出传声筒,向火灾中欸乃而过的我,用哑语唱歌。

2014.11

铁屋的汉末

我分不清分裂和自由。铁屋以汉末为解脱。壁灯昏暗,老少英雄割据四方,负隅而眠,各做各的统一梦。镔铁打造的空气黑影幢幢,国庆节的气球泡聚在房顶。汉中多事,枕藉者枕戈待旦,连绵起伏,直逼大散关。肘弯彼此侵扰,鼾声吹角相连,在他们的梦中,想必多有中原。

摇醒我的人说我是看守。他示意我坐起来,教我低沉地清嗓子,像他那样,双手抱膝缩成一团,目不转睛望着他。而后他躺下来,在我面前的地板上,盖住被我睡熟的人形圈。"我要反正。"他轻搔下巴,交代他亲近的最后一个女人,她的古装,她身上的每一寸光亮。"她分到的香,我会分给你一份。"而后,他说他饿了,让我预支下个月的军饷。为了振作精神,他点上一根烟,吸了几口,开始交代华容道的布防。

铁屋闷热如北外的澡堂,精液的气味笼罩四野,在他们的中原,想必多有战船。

摇醒我的人显然爱上我。他不再交代,爬上我的膝盖,用体重压平我的双腿,在我的鬓角摩擦他髡秃的头。

让我想象连云港，他的故乡，依依不舍地睡去。

我待他呼吸均匀，面目安详，就摇他的肩膀，扒他的眼皮，附耳相问："杨修杨修，给曹操盖被的人，是不是你？"

我的诱导是一种折磨。他的嘴唇开始蠕动，不时向我一噘，咨咨嗟嗟，像是要吸吮，又像是在吟哦。

2014.12

庞德公

巨人的足迹被我修改成巢，巢漂泊如鸟。又修改成乌篷小艇，小艇嘈嘈。船头众口开放，渔舟唱晚，在青春期的各个阶段，始终饥渴。

所有丧失的雨汇成上行河道。未来的运河已与子夜连通。槽深处朝代倾覆，鸟雀惊觉。月光满地，蓑衣草流入乱摇的水库。苔藓镀金镀银，在铁闸上模仿黎明。

我的长子比我更我。我的女儿一个野似一个。护身符在失身后发生效力。路的推迟供给我一路休息。

大检的一日，我携妻上山，如携两袖清风。采到药，就满手红，摩搓着登仙而去。没采到药，就满手没有，有说有笑，买糖而归。

2015.1

草字头

人能有的无，充其量只是芜。再充其量：发情的山谷，——进退维谷，鸟向雷声展开。

人能有的无是我头顶的草。草茎生刺；草叶翻翻；草色遥看近却无；草花细碎，算不上花；草虫草草，随风写意，任情挥发。

草根如焰火陷落。火星乱抖，澌灭时到达养殖之泉。我的脸封存于泉水重心。我的嘴唇黄苦，挣破颤动的胎衣，伸向不存在者的轻浮。

人能有的无是传宗接代。我为刍狗行割礼，敷上草原的野蛮。天空解冻，冰排与云朵争流而去。颜色最红的一段江堤，有妻子探头，轻拂双鬓，宽广地朝下看。

2015.1

扬州

　　运河，上午流历史，下午流影子。黄昏，影子的手伸长，探到小汽船下，咯吱咯吱窝。船头有白净女人，抱子动荡，指着水中不存在的鲤鱼，一定让他看。

　　古今靠古今的无连接，恰切如两片蝙蝠黑瓦。

　　中夜，古琼花沿河聚集，自带器械，摸黑刨土，随处开凿。说要清理黄天荡，打回北宋——起码是南宋老家去，用五瓣不孕，重整仁宗——起码是孝宗的御花园。

　　你若称之为聚八仙，它们就会怒不可遏，扬起香气的铁锹，将雪亮的锹刃对着你。

2015.2

关汉卿

通过时间隧道我返回大唐,我唯一能做的事是:落第。返回大宋:落第。返回大明大清:落第。返回民国返回今天返回未来世界:时间隧道年久失修,公交车走走停停,我落第落得很不顺利。返回大元,黄金时代,我的故乡?——替马可·波罗放马,喝怪味黑茶,以孤愤写电视剧之祖,用也么哥发展北京话。

2015.3

底片 /Negative Jone Guo 7/23/2017 金重

混乱的信使

没有空间的人不需要翅膀。绿松石田地破碎。混乱的信使迎面相逢，挥鞭而过，假作失之交臂，各自奔向清末民初。

又一群果实直接返回泥土。疲惫的马，拉着一车阳光的种子，喘息着登上山坡。

我带回所有被你注销的真实。我拉开大地腐败的嘴，像拉开饥饿的铁抽屉。我放进一本红皮证件，一朵曾经结成我的铜铃花。黄昏的门外，混乱的信使坐在小板凳上，教三个儿子，用北京话，背诵空白的密诏。

夕阳的瓜一文不值。疲惫的马低头啜饮疲惫的水，鼻孔灰白，像柔软将熄的炭。

没有希望的人不需要逻辑。我向往耕读传家。谎言的蛹，裹着混凝土的丝，在密室里熠熠孵化。变态的无，推着风的曲辕犁，让火苗处处向前生。

2015.6

豪杰

脚踩路人的牙，豪杰走过七月的所有阶段。

走过去，也就忘记了。每个路口都有新的夏令时，豪杰疲于抬腕对表，表盘中央一滴血，裹着唾沫，不聚不散。

豪杰年纪尚轻，怀揣愤懑、蔑视、绝招，去闯两个数字、无数未成形的女子。豪杰风华正茂，要用一根枪，戳出满天孔。呔、哼、呜喝喝喝！七月流火，豪杰记起小时常吃的芒果棒冰。

江湖！豪杰冷笑道，枯水期的江湖！

豪杰无所畏惧，豪杰直面人生。他走过的大路小路，都叫是我开，或本没有。此刻，他走得好好的，忽一闪身，跃进东内史胡同。从烂砖墙角探头，向身后机警张望，看嚣张的暑气里，有没有一群蒙面红字，飞檐走壁，追踪而来。豪杰无所畏惧，豪杰直面镜头。可豪杰并不鲁莽，他知道要以寡胜多，必须伺机而动，抢占有利地形。嗯，决斗之前，总是会有一辆清扫车，在导演的安排下，从画满刀光剑影的彩排现场，歪斜驶过。到那时，如此这般，嘿嘿，历史的剧本，就得为我改写一笔了……

　　张望许久，没有蒙面红字，没有决斗的任何迹象，只有道外的风，在燥热的尘土上，空空荡荡地吹。豪杰拍打箭袖，台步走出小巷，站定街心，张扬古装皂袍，吸风引尘，摇摆如意义，似要旱地拔葱，飞升而去。在他脚下，他的影子怒不可遏，噘起充血的嘴，咬住他的脚趾头。"得得，锵锵，得，锵令锵！"绍兴乱弹是战鼓敲响！他一个大踢腿，扭过身来，面冲骄阳，开始笑傲。脚后跟下，影子嘴角撕裂，墨汁股股迸出，以淋漓的笔势四外流淌。

　　随后，蹭一蹭脚，大踏步向前走去了。天还是那样热，路还是那样新，路人还是那样沉默，在七月流火中道路以目。三十六度？不对不对，天气预报说，今天三十八度半。

　　脚踩路人的牙，豪杰走过七月的所有阶段。道路色的龇出的牙，道路色的龇出的烤瓷牙。

2015.7　改

冒充者们

一个人大步走在前头,一个人在后边紧跟他,一步一弯腰,从干热的土路上,捡起前行者的脚印,或者一块——也许他是忙中出错——生长光斑的绊脚石。捡起来,扑落干净,再一转身,用它压住自己正在踏出的脚印。压得严丝合缝,头皮贴地审视一番,完全满意了,才继续前行一步,捡拾下一个脚印:一丝不苟,他活像香河的泥瓦匠!烈日当头,热风如火,一前一后这两人,都是疲于奔命,汗流浃背,随暑气的虚影不停抖动,步伐越来越紊乱。时而,前行者似乎要摆脱什么,忽然加快脚步,甩动双臂急行军;而跟随者呢,得喘着粗气一路小跑,才不至于掉队。有一阵子,他为了便于移行,节省力气用于压脚印,干脆双手双脚同时着地,如刚从猴面包树跳下来的类人猿,一蹿一蹿,蹲着往前走。幸而由于我的大笑,他及时中止了这种走法,恢复人的尊严,没有被返祖累垮。

天色越来越白,艾蒿和蓼草气味熏蒸,江水似离此地不远。我们意识到,必须有一件事发生,打断这场令人厌烦的前进。一个事故,或一种收获。一只麒麟,如春秋所说。鱼灰色，瘦骨嶙峋，因饲养不当而病怏怏的，额上独角已开始腐烂，绿豆蝇舔着峥嵘的脓，搓头搓嘴……

"回去吧！"跟随者终于鼓起勇气，自言自语地说。同时挺身站起，茫然地望着手里抓着的脚印，似乎想把它丢到路边，又舍不得。他的右眼有些斜视，给他本来平板无神的脸，添上一分狡黠。然而他的眼界，大概并不会因此略为开阔。

"回去吧！"前面的人立刻重复道。他仿佛一步踏入雷区，蓦然停住，错愕地转过脸来。他的动作太猛太突兀，以至于皱纹和表情因惯性留在前方，回声一样悬于空中，似乎要等他回心转意，重新担负起它们，再往前走。过了好几秒钟，才纷纷调转方向，贴着他耳垂丝丝游过来，水蛭一般，吸附于他的五官。

今天的路到此结束，这个消息必须设法通知孔子。我们互以深沉的父爱，久久凝视，因对方的敬意而欣慰，叹息生子当如孙仲谋。

2015.7

白马

　　过隙时,白马变成隙的一部分,自我阻塞着,自我薛化着,在这堵标满"拆"——其中几个写成"折"甚至"析"——的红砖墙上,度过整整一个夏季。

　　夏末一天,与建设与隔离都无关的一个群体,聚集于墙的阴部,纷纷以额头为撞棰,猛烈地冲击墙。在四扬的灰尘中,在混乱的呐喊和咒骂声里,在拼命挤进砖缝的毒嘴蚰蜒的叮咬下,白马忽然意识到:它为之奔跑又为之夹持于此地的时间,不过是下一代,它腹内的它,胎状白马,正因遗传的饥饿,长出一个箭头,长出无数箭头,刺破它的肚肠——它以胃为子宫——满墙蔓延而去。"饥饿就是自由!"白马以白马的语言说,"世界人民大团结!"获得这个意识的下一瞬间,它发现自己一身轻松,独立于秋风披拂的缤纷之野,而夜带着寥落的野花和星辰,倾斜地升起来。从那以后,白马每次回想起这段经历,都要礼节性地——咴咴地——表达它对那堵墙的留恋,并与追随它的一群小白马——其实应该叫小红马,因为它们身上饱浸着墙,布满整齐规则的垒砖纹——一起称隙为第二母亲。

本不相关的各种虚妄，靠语言的脱节，构成同一张凹陷的脸：我的真实，我的幸福，我的时代。

　　有个孩子——我？我的梦？——拿着半截粉笔，蹲在返潮的水泥地面——请不要设想地面与墙有什么关系，请不要设想房屋！——画出另一个孩子，与他同样幼小，同样单薄。画到蠕动的下唇时，——这显然是点睛之笔——粉笔头在他手指的挤压中，碎散了。孩子——像我一样固执，像我的梦一样不洁净——还想继续画一笔：他要用残留在指尖的粉笔灰，把酝酿已久的嘴画完，起码也要给它添上一层阴影，些许厚度。可是，他凶狠的手指按下来时，也带着粉笔灰，碎散了。

2015.8　改

盈满

从火车上走下来的孩子，每人提着一盏六角风灯。等候已久的人们围上去。膝盖、口令和一段皮靴，被痉挛的灯光，照成泄漏的铜。

读史者读到重复，起身走到门口，将沉重的红闩，插上变形的门。听了片刻，失神地走回，单手一撑桌角，跳向下一段。

窥探之眼因用力过猛裂开。眼眶呻吟，探出一只画着手的手，扪心而过，触到弹簧锁，里外握紧。

昧旦，最初一批声响开辟方向。淡青色的鸟找到淡青色的路。不久，又找到一片淡青色的坟，陶胎般缓缓转动。它们渐趋完美的浑圆，令它迷乱。

不久，又找到另一只淡青色的鸟。与它完全相同，只是被风磨得更亮。

2015.9

河梁

深渊的钥匙比深渊深,淹溺者没有丧失任何技术。

三十仞的玻璃门旋转,四处悬挂的反光一起点燃。

我跪着醒来,额头焦裂如龙舌兰。我的呼吸紧缩,橡胶的泡在烧毁。我跪在门槛上,从膝盖开始恢复意识。我向围观的女人恳求:"把我的疯狂还给我!"

她们俯首吐出更小的她们,用粗糙的掌心承好,孕妇那样宽厚地笑着,一一向我伸来。在我抬手去接的一刹那,猛然抬手,把手中同样抬手的她们,一一收回去,骄傲地擎在连绵起伏的胸前。

2015.10

泥屋

我用泥的火柴点亮泥的灯。

泥的灯光如豆,中有金面泥人,冲我伸手闪烁,以初入梦者的从容,小小地自我捏造。抖动,周旋,在依次尝试的官能里,微笑并渐渐变硬。

硬到再也掩饰不住,就轻轻叫一声,从蓬茸的焰晕中,掉了出来,像掉出一滴泥泞的油。灯光乍明,梦中人因窒息惊觉,捂住双眼,在穿堂风中一晃而灭。

我衰弱地躺在阴凉的地面上。我耗尽了我身上的所有土壤。

我缓缓抬手,摸索空中残留的泥。我想找到泥的灯,我想抓住黑暗的门把手。细腻的颗粒均匀如雨。我摸到门的蠕动。我摸到小小的泥女人。我的指甲变亮,变软。她开始轻声说话。我的手拔不出来。

2015.10

巨像之谜

梦的内容只有一个,死。每一个新的梦,都归功于你积累多年的死。旧梦和新梦的总和,构成你的不存在。在不存在的王国中,你位列第三。

醒来是尴尬的。面对使你醒来的人,你不知所措,虚张声势让她住口,翻转她,驾驭她,别住她的脸,强迫她跟你一起向上看,直到她的亢奋成为喘息的石雕。

直到她蓦然折断,带着你,从上扬的断口,落回原来的梦中。

七期的果树成熟,红字在墙上长大。没什么好解释的。我合上你的双眼,像合上过时的预言书。我通过我的手,进入你的无。

梦和梦之间的世界,如死后出现的门,也许存在,可与人无关。

2015.11

大方里

风定期为风中的叶子量体重。够沉的,沉下去;不够沉的,跟着它继续往前吹。

江北兵站,沙滩上一条失事的白汽船。她教我在甲板上呼唤暴风雨。她为我用双重气声唱军港之夜。船头升起谁也看不见的旗,她在旗杆下仰面躺好,一手遮挡阳光,一手护住胯下,让我从太阳里居高临下地看她。她说她牺牲了,她说她要进文工团,她问我认不认识红英姐。三角泡年年都要淹死人。她为我描述,随波逐流的七星瓢虫,怎么从最小一星开始复活。

哈尔滨,我的记忆,来自黑河的红玛瑙。两片碎石又拼在一起,才知道原来不是一块。

只有大方里还有野孩子!只有大方里的野孩子,还懂得拉帮结伙,借起风占领大街,高举皮鞭,奋力抽嘎。

他们的嘎是电嘎[①],他们一边抽一边骂,他们狞笑如特高课。每一鞭都抽在节骨眼上,啪啪啪啪,抽得城市眼冒金星,抽得年代皮开肉绽。啪啪啪啪,啪啪啪啪,一直抽到嘎把嘎的秘密,旋转的空虚,怎么吃进去的,就怎么吐出来。

2015.12 改

[①] 嘎,即陀螺;电嘎:是指小孩子们偷窃汽车轮胎护盖上的螺丝帽,再向帽孔里塞上一个玻璃球,这样土法自创自制的陀螺。因为来自代表"现代"的一种"大机器",抽上去时总觉得风驰电掣,电闪雷鸣,故以"电"名之,表现一种极大的满足感;亦有指树脂材料(俗称"电木")做的陀螺。诗中指的显然为前者。还有一种籴籴(音同嘎,二声),两头尖中间大的陀螺。均为儿童玩具(编者注)。

黄昏的狗

黄昏的狗奴性十足。我已表示没有东西可以喂它，它还是摇头摆尾跑过来，靠着我的小腿趴下，和我一起久久地看河水，好像我们有什么共同的青春回忆。每次起风，它都要伸舌舔我的手，舔的方式饱含感情与责备，显然把我当成狠心抛弃它的主人。

黄昏的港口繁忙。黄昏到来之前就死去的人，集合于此地，每人带领一位送葬者，手拉手，唱着歌，排队走上颤抖的栈板。一走到船舷，就从摇荡的水光里，神气活现地回头看，蓝紫缤纷，如换新衣。噢，我多想进入他们的童话！

黄昏的狗不时一挺身，冲黄昏的船呜呜叫几声。它好像认出其中一些人，要向他们告别，或者只是想吸引注意力，抒发它的某种存在感。黄昏的狗是母狗，两趟乳头潮红，像发炎的纽扣。黄昏的狗很老了，耳朵没有毛，肚皮没有毛，尾巴尖儿没有毛。黄昏的狗叫一声，黄昏的天就长出一块低沉的癣。

黄昏的港口空空荡荡。黄昏根本说不上港口。我走到水边，捡起一根枯树枝，点着了，手护火苗，递给黄昏的狗，——我想试探一下它的人性。我说：火种，黄昏的狗讨好地笑一笑。火种招风而灭，黄昏的狗一龇牙。我把残烟缭绕的火种扔向河水。黄昏的狗奋勇地跳进河，狗刨着前去营救。我拍拍裤脚，返身走上河堤，拧亮车灯，骑车回家。天地黑如三月泥土，我越骑越像落荒而逃。湿淋淋的黄昏的狗，叼着湿淋淋的火种，在湿淋淋的野地里，忽左忽右，一路小跑，跟我跟了三里之遥。

2016.3

编后记｜"明亮的捕捞"与被隐匿的

骆家

1.

当我们谈论走过不平凡旅程的中国百年新诗时，特别是中国新诗世纪的早期，九叶诗派绝对是无论如何都无法遮蔽、视而不见的。20世纪40年代末九叶诗人创办《诗创造》《中国新诗》，因此又被称为"中国新诗派"。九叶诗派在新诗写作中力求达到现实与艺术、感性与理性之间的平衡美，主要成员有辛笛、陈敬容、唐祈、唐湜、穆旦（查良铮）、郑敏、杜运燮、袁可嘉、杭约赫（曹辛之）、王佐良等。1981年，江苏人民出版社印行《九叶集》，副题："四十年代九人诗选"，收录辛笛、郑敏、袁可嘉、穆旦等九位诗人的作品共154首[①]，发行一万四千五百册，受到海内外读者的欢迎。九叶诗派的

[①] 一说"144首"。参见张岩泉：《20世纪40年代中国现代主义诗歌研究——九叶诗派综论》，华中师范大学出版社，2012，绪论。

创作探索为中国新诗的发展做出了重要贡献,虽然后来因特定的社会环境使这种探索没能继续下去,但在新时期到来后,其诗学价值与传承有效地转化在新一代诗人的创作中。九叶老诗人郑敏在《新诗百年探索与后新诗潮》一文中指出,"如果将80年代朦胧诗及追随者的诗歌与上半个世纪已经产生的新诗各派大师的力作对比,就可以看出朦胧诗实是40年代中国新诗库存中的种子在新的历史阶段的重播与收获"。①

北京外国语学院(1994年更名为北京外国语大学)在20世纪80年代朦胧诗浪潮中涌现出了一大批优秀诗人,如李笠、金重、高兴、少况、树才等。他们或参与创办院刊文学杂志《泰思》("Test"之音译),或作为骨干诗人,推介翻译国外诗歌作品,创作发表大量"朦胧诗"。著名诗人、学者、翻译家王家新对九叶诗派素有关注和研究,他最先提出类似"新九叶"想法和动议,得到我与金重、树才等积极响应和推动落实。

其实,"新九叶"中的"九"绝非予人过于坐实和简单的数字联想,主要还是考虑在《九叶集》这个特定意义上的历史还原和尊重。"九叶"已经成为一个特指专有名词,而"新九叶"还只是开放的泛指,所选北外当代诗人九家只是"新九叶"这个群体代表,假以时日,相

---

① 郑敏:《新诗百年探索与后新诗潮》,《文学评论》1998年第4期。

信这个名单将可以再增加更多：新十叶、新十一叶……金重、少况北外读研期间都听过王佐良先生不少的课，受恩师影响比较深；而少况的导师周珏良先生碰巧是九叶诗人穆旦夫人的哥哥。周珏良大学同窗及终生同事、同为九叶诗派成员的王佐良先生写过一篇极有分量的《论穆旦的诗》。谈到北外与新九叶诗人之关系，诗人姜山应我之约在其撰写的短文《我写诗的起点》中写道："幸运的是，在北外的求学经历，给了我'开放与比较'的工具。这多少有些吊诡！北外，脱胎于延安抗大外语大队，使命是教我们学会革命的词语、拿起对外斗争的武器。……后八十年代的北外，上述传统被强调，进而与就业、赚钱、出人头地的功用追求合流。偏偏是这样一个北外，给了我一点点人文教育的底蕴，敢于逆成长、再成长的底气……这让我觉得，一些围绕着北外人的概念和现象值得持续思考与讨论等。"2017年恰逢北外建校76周年，《新九叶集》也可视为北外学子回馈北外母校、呼应九叶诗派的一次集体"行为"。

2.

相比"九叶"，"新九叶"只是一个非常宽泛的概念。除了诗歌气质、精神底色相投，矢志新诗追寻和探索上惺惺相惜等方面同大于异，"新九叶"没有固定的刊物园地,没有明确的理论宣言和诗歌纲领。他们交集最多的不是北外校友的身份,而是诗歌创作方面对九叶诗派的认同和确认。而在地球村、自媒体大爆炸的当下,经济快速发展,科技日新,网络、交通便捷,不仅南方北方地域上的划分已无任何意义,传统籍贯概念上关于"你是哪里人"问题的回答也已经越来越模糊与纠结了。从籍贯上说,"新九叶"诗人中:李笠、高兴、树才、黄康益、骆家算是一般地理概念上的南方人;而金重、少况(出生于上海,长在西安)、姜山(生在辽宁,八岁到北京)、李金佳是北方人(并且金重和李金佳同是哈尔滨人)。从生活地域来说,李笠常年旅居欧陆,目前在捷克;金重定居美国西岸圣迭戈;高兴、树才、姜山在北京;少况是空中飞人,居住在古都南京;黄康益刚从中美洲哥斯达黎加转馆赴中国驻委内瑞拉使馆任文化外交官;骆家目前留居深圳;而李金佳定居法国。

"新九叶"诗人不忘本行,在外语诗歌翻译领域都有出力和建树。如李笠译特朗斯特罗姆(因《特朗斯特罗姆诗歌全集》译著荣获 2013 年首届"袁可嘉诗歌奖"的翻译奖);金重译布罗茨基和塞克斯顿;高兴译黛西·米勒、安娜·布兰迪亚娜、托马斯·温茨洛瓦等;少况译布罗茨基、沃尔科特、约翰·阿什贝利等;树才译勒韦尔迪、夏尔、博纳富瓦等;黄康益译洛尔迦、博尔赫斯;我本人译布罗茨基、纳博科夫、吉·塔比泽、基·科尔恰金等；姜山译阿波利奈尔、瓦雷里、E.E.康敏斯、W.C.威廉姆斯；李金佳译谢阁兰、皮扎尼克、雅各布等。或许有一天"新九叶"再编一本《新九叶诗人译诗选》，于中国新诗亦有意义。"新九叶"诗人精通六种（英、法、俄、西班牙、瑞典、罗马尼亚）外语，其中英语三位：金重、少况（他们两位是北外英语系硕士同窗）、姜山；法语两位：树才、李金佳；俄语骆家；西班牙语黄康益；瑞典语李笠；罗马尼亚语高兴。正如诗坛常青树、老诗人谢冕撰文指出的那样："中国现代所有重要的、杰出的、伟大的诗人，他们的创作无不'自然地'流淌着中国传统诗歌的血脉，但也几乎无一例外地从西方的诗歌经典中吸取了母乳般的营养。"[1]

从年龄上看，"新九叶"诗人出生于1961年至1973年间。李笠最长，生于1961年；李金佳最小，生于1973年。正好十二年一轮，均年富力强，正是创作旺盛时期。

3.

关于《新九叶集》诗人和选诗概述，分论如下：

李笠的诗视野开阔，张弛自如，兼有李白和聂鲁达（爱情、意识形态感敏锐、善意批判）的影子；看似玩

---

[1] 谢冕：《我有两个天空——百年中国新诗与外国诗》，《中国文艺评论》2017年第4期。

世不恭,一双梦游人的眼睛(洞察世界),心却无比柔软,他一直走在"回家"的路上。入选的《拱宸桥的18种译法》属于力作,也是诗人自己很看重的作品;其余入选作品虽有些初看像是情诗、艳诗,但掩卷却令人陷于沉思甚至呐喊。而其他作品如《致一名金发女郎》《水边对话》《惊讶与回忆》《西藏女人》等,限于篇幅未选(其他几位诗人也存在类似情形)。《自画像》是李笠后期发来的一首短诗,还有短诗《腊八》,均短而有力,特地选入。漂泊的诗人,一直走在"回家"的路上,因为"你狂野的乡愁/一切都在癫晃"(摘自《黄梅天赏雨》)。

"幸存者"金重新浪博客题头标有醒目的一句话:"我的听众是风,是那些怀着爱的苦难的灵魂。"读金重的诗歌,仿佛深夜听滴血的夜莺歌唱,如《安妮·塞克斯顿》《忧郁症》《给王家新的太平洋明信片》《向我走来》,等等。我写过一首短诗《烈日下的那些石梅湾蚂蚁》(2014.6)赠金重:"它们的内心该是怎样的宁静/烈日下的那些石梅湾蚂蚁/队形整齐地负重前行,一趟/又一趟,天敌躲开了//翻过西岭的季候风像燕子一样/善于发现对面的方向,天才设计师/是一块来自圣迭哥的珊瑚石/面对庞大的蚁军,它选择了望。"读金重的诗,仿佛听雪夜荒漠的驼铃声,又似孤寂青灯下的一缕沉香沁心。诗没读完,脸上的泪不知不觉滑落。但绝不颓废,就像他的那首《今夜我把忧伤藏起》中的那句:"一件旧物/略带一些伤

痕 / 但干干净净"。是的，金重的诗歌步伐里，一直还是东北汉子的大步流星，还有辽阔的海的景深，因为"大海的夜潮袭来 / 卷走了所有石头的头颅"（摘自《艺术家肖像》）。

《世界文学》主编、诗人高兴的诗，大多来自阅读、行走、对话和感悟，带有浓重的时间和空间的痕迹；灵秀、唯美、意象鲜活隽永，丰富的音乐感、乐律、节奏，这些都是他诗歌最明显的特点。如这一首《十一月》中："十一月，暖和得令人伤感 / 记忆停滞不前 / 一粒米陷入想象 / 一壶茶敞开情怀，却总是语无伦次"。他是机敏的观察者，决定性瞬间按下快门的人。读高兴的诗，真是一种非常高兴、愉悦的享受，尽管他对于诗歌写作，总是感到某种紧张和焦虑。当然，他的诗歌里，还有永恒的忧伤，但也是美的，令人铭刻的，如《独白》《虚空：哥哥》《豆豆没了》等。如果能谱曲，高兴的诗歌都能唱出草原的蓝调，就像"马儿卑微的咀嚼"。

我读少况，跟诗人、摄影家莫非感受如出一辙。莫非说："看少况的诗，可以进入情况。细读便知，什么叫深浅，什么叫静水流深。"此前我也说，少况的诗跟他的为人一样，高度本色；一条大河，表面看还是那个平静样子，其实暗流涌动，历久弥新。King of the Underground（隐匿之王）。"照顾好沿途的风光"，他都做到了，而意象是料峭的，看不出打磨的痕迹。如："冬天，像一个笨拙的巨人""等着时间/露出尾巴""像钉子钉歪了,思想的桌子上/落满灰尘""在风中醒来,群山起褶皱,壶里的/水兴奋"。想到本是职场高管的他,虽商务千头万绪,却始终笔耕不辍,屡有佳作,真羡煞同行。金重甚至多次说少况是中国的艾略特。《秋水堂印象》《散句》《展开,然后是事物的状态》《疏离之离》《如何欣赏蒙德里安》等作品,值得反复阅读。蒙德里安曾把他的作品当作是无限平面上的一部分,所以每个方向都会无限延伸。从诸如这样的绘画开始,画布就成为一个完整的对象,完整的宇宙,没有任何东西可以超越。"不管是谁签的字,黑夜都会买单。"整体上说,少况的诗,看似信手拈来,无痕之力却有无限延伸之功。

树才的诗歌跟他翻译的许多名家作品一样,凝练、明亮、悲悯是主轴。我们1983年起就相识相知,他不同时候的诗歌作品、诗集(包括翻译集)等,我都有深读。无论是他早期的朦胧诗、意象浓郁的诗歌,稍晚一些叙事风格的诗歌(如《马甸桥》《刀削面》《按一下》《然后呢》等),还是他的短诗《哭不够啊,命运》《月光》《钟表停下来的时候》《妈妈》《此刻》等,无不"从内在饱满中求得诗歌自然的溢出"。树才在其翻译的《勒韦尔迪诗选》的序言中对勒氏诗歌特征有独到揭示:"他诗意的苍白静美,不是柔弱颓废,而是一股销蚀一切的力量""他多么好地借用了简单,来烘托他内心的神秘和丰满",诸如此类,又何尝不是他对自己作品的夫子自道?!① 诗人、评论家谭五昌也指出:"简洁、有力、素朴、深入事物内部,是树才一以贯之的诗学追求。树才的诗歌摒弃了外在的浮华与夸饰,在对抒情品质与智性效果的双重吸纳与营构中,造就了其诗歌创作卓尔不群的独特艺术风貌。"(2007年5月)

黄康益的诗歌在20世纪80年代着实疯狂。研习过太极的他柔中带刚,诗歌既有现代诗的轻灵、通透,如佛家的禅意,如《忆》《最后的假日》《太极拳》等;还有对中国古典诗和西方特别是西班牙语诗歌世界非常好的融合,如《玛丽亚》《梦》《从一个地方出发》《今天晚上》《马德林港》。此外,康益很多诗歌中对普通人日常生活的关切、渗透也是非常接地气和有活力的,如诗歌《清明》《故乡》《北京》等。跟李笠不同的是,康益的乡愁是许许多多"进城农民工"共同的乡愁;康益的"思乡"是无数旅居海外的游子的思乡。无论他飞到哪里,客居在哪里,即使是在亚马孙原始丛林与印第安人吃芭蕉叶烤鱼,跳巫术般舞蹈,他的诗歌跟他的根,都始终是汉语的、中国的。多年的中美洲、南美洲外交生涯辗转奔波,康益的诗心一刻也未停止天马行空。1997年康益的诗风大变,一定是他"梦"到了特别的什么。特别

---

① 胡亮:《树才:在灰烬中拨旺暗火的冥想者(节选)》,《诗刊》2007年第2期。

要提的还有康益的长诗《内相的形成》(节选)，诗人从"纯粹物质的世界本身／也会散发光亮和味道"着手，进而发现"无论多么纷乱的东西，都将被吞没掉"，再写"现在已经是凌晨，世界依然喧闹"，直到"还有什么害怕的呢？每一条道路都指向这里／我在深处贪婪地接受流入自己陷阱的一切"。

  对我的诗评，诗人臧棣曾在给诗集《青皮林》的序言《诗，作为一种重逢》中这样写道："在评论哈代的诗时，奥登曾坦言：他无法客观地评论哈代的诗，因为他曾如此热爱哈代的诗。这种热爱无疑会影响他对哈代的客观的评价。面对骆家的诗时，我也有类似的感觉。我和骆家有相似的经历，我们都是在20世纪80年代前期，在北京读大学。也都是上大学期间，深受当时的诗歌氛围的影响，爱上了诗歌。那个年代，诗歌和社会生活之间的关系，不像现在这样边缘化，它是可以被看见的。某种意义上，对我们那代人而言，可以说，诗歌是一种生活的背景。也许，还不仅是一种背景，诗歌还是一种绝对的尺度。那个年代，诗歌的话题渗透在社会生活的情绪中。作为敏感的年轻学子，我们都能真切地感受到，我们和诗歌的关系，比我们和现实的关系更紧密。即便当这种紧密的关系，受到现实主义的挑战的时候，我们也不会觉得它不真实，令人难堪。相反，当外在的现实显出荒谬的面目时，诗，犹如一种心灵的压舱石，从生命的最深处平衡着我们的成长的航程，促进着我们的成长与成熟。当我们抵御来自外部的洗脑的时候，诗，构成了我们的内在的后盾。"[1]臧棣当然高抬了我的诗歌，但他兄弟般的鞭策我乐于接受。而我坚持认为，诗是不完整的，我也不打算写出完整的诗。此外，作为一名仍在写作的诗人，我愿意我的诗歌是绝对的、无用的。

姜山的诗很有质感和冲击力：*A Long-winded Autumn*《纽约时报书评系列（二）》《虚无的艺术家》和《时间终于逃不过》，等等。如欲唤醒世界，必先唤醒自己。他的诗里，没有诗技的卖弄，只有通过"他者"实现的他者的"自我"：写实，就结结实实地写实；务虚，就玄玄乎乎地务虚；有时他的写实也是务虚的写实，他的务虚也是写实的务虚；写实务虚时有自由切换，并无突兀生涩之感。无疑，这需要超强的驾驭能力。而这种能力并不仅仅表现在诗人的古典传承、洋为中用的那些语言调式和表达形式，它更多更重要地体现在其诗歌中的现代精神和艺术自觉。如《你认出击中你的一颗子弹》中："你清清楚楚看见/那些门窗/似乎伸手就触到/并能随时打开或拧紧/也许，那些门窗/被用作黑暗涌入/或回收你的通道……这种柔软/是你与世界/在同一高度的曲线/你将不再能/从这条曲线之上/升起。"虽个体经验与

---

[1] 臧棣：《诗，作为一种重逢》，载骆家著《青皮林》，长江文艺出版社，2015，序。

句式外形不同,依然做到了与"新九叶"诗人群体的确认和汇流。有一点是我羡慕学弟的,姜山的诗歌弹性好。他有说过:"今天,我是一个更加坚定的不可知论者。"(《从雨果到夏尔》序)

　　谈到诗人李金佳,除了要单独谈谈他的散文诗(此次诗人提交的全是散文诗体。而其实在我后续邮件要求下,诗人提供了其2009年于黑龙江人民出版社出版的诗集《黑障》电子版),我将再次谈到蒙德里安,因为读金佳的诗歌我就想到了这位画家。蒙德里安的绘画是有深度的,它们在向绘画的历史深处诉说。虽然蒙德里安是严峻的、禁欲的、单纯的、冷漠的、唯心的,明显凌驾于世俗生活的喧嚣之上。然而他心念着早期的绘画巨匠,思索着绘画能做什么也是事实。他只是把那份诗意封锁得太紧以至于几乎看不见了。初读李金佳,有与诗人少况相似的机智反讽、绘画留白、魔幻意象,几乎没有那种直叙胸臆般抒情的痕迹;看似说教而感情充沛。面对死亡、不公、黑暗的现实,金佳不气馁,批判的声音中饱蘸爱的浓汁。这一点也是"新九叶"诗人最鲜明的共性。如《盛夏的废墟》《庞德公》《扬州》《关汉卿》《豪杰》,等等。对金佳散文诗的评介,我借用金佳在谈论波德莱尔散文诗叙事时的一段话可能会得到确认,如果读者仔细去读他的文本:"叙事不以讲述一个事件为终极目的,而以通过事件导向某种抽象而普遍的类型。这个类型和一般所说的典型不同。它不是一种实有，作为母题在文中写出；而只是范畴性的，作为文本的一种意义倾向而存在。或者说，典型在型之中，是型的代表；原型在型之上，是型的抽象。"[1] 金佳入选的20篇散文诗更像是一首叙事长诗的20个分章，其诗的特质和大的主题是统一的。特别要提的是"大方里"（哈尔滨的地名）这首诗中"嘎"的独特意象的精妙运用。远在法国的金佳专门邮件给我解释"电嘎"，同意我在书中加编者注。小小的嘎，在李金佳的《大方里》这首诗中，变成了诗人拷问世界、拷问时间的刑具（同时诗人也是一枚被抽打、被拷问的嘎）："只有大方里还有野孩子！只有大方里的野孩子，还懂得拉帮结伙，借起风占领大街，高举皮鞭，奋力抽嘎。他们的嘎是电嘎。他们一边抽一边骂，他们狞笑如特高课。每一鞭都抽在节骨眼上，啪啪啪啪，抽得城市眼冒金星，抽得年代皮开肉绽。啪啪啪啪，啪啪啪啪，一直抽到嘎把嘎的秘密，旋转的空虚，怎么吃进去的，就怎么吐出来。"

诚然，世界上没有两片相同的绿叶。经过几十年的写作，诗人们之间的分歧似乎和共识一样多。这对于"新九叶"诗人无疑也适用。但作为一个诗派群体，"新九叶"诗人对九叶诗派的高度认同感，还有他们各自作

---

[1] 李金佳：《波德莱尔散文诗中的叙事》，载孙晓娅主编《彼岸之观：跨语际诗歌交流》，北京大学出版社，2016，第424页。

品的高辨识度、精神内核的高相向性与自觉的与九叶诗派相近的写作宗旨是有目共睹的。"新九叶"诗人多数都是从20世纪80年代初开启新诗之旅，都因为波德莱尔，因为哈代，因为奥登，因为拉金，因为希尼，因为洛尔迦，因为加缪，因为赖特，因为托马斯，因为金斯堡，因为布罗茨基，因为里尔克，因为策兰，因为普希金，因为帕斯捷尔纳克，因为博尔赫斯，因为聂鲁达，因为阿赫玛托娃，等等，从而触电从事诗歌创作。我们并不讳言是喝唐诗的母乳和西方现代诗的"洋奶"一起长大的诗人，这也成为我们重要的精神资源和诗学皈依。

《新九叶集》标志着新九叶诗派的雏形已成。

4.

关于编辑的几点补充说明：

以中国新诗和当代西方现代诗为大背景，纵览"新九叶"九家自20世纪八九十年代以来近30年创作作品大观，诗人自己初步筛选30首，编者再从30首自选诗歌中编选20首，无一例外。诗人们对送选作品精挑细选，帮我这位非职业主编节省不少时间。

短诗必选代表作；长诗一般不选，除个别力作和特别声明之外；时间跨度主要考虑覆盖性，尽量做到20世纪80年代以来各个时期都有一定作品入选，以一窥诗人

30年创作全貌；对创新突破实验性作品适度放宽；题材、语言风格或格调形式尽力避免重复。

"新九叶"诗人编排顺序：长幼为序，不分排名。

由于本书篇幅受限（一开始我们就不打算编辑一本厚砖头，而是希望轻盈一些），"新九叶"入选诗人人数受限；编选作品有局促感，忍痛删了不少佳作。骆家不才，编辑工作中难免会捡芝麻丢西瓜。唯愿做的是一件对中国百年新诗有意义的事情。中国新诗百年之时，重提九叶诗人，推出《新九叶集》，冥冥之中似乎有一种情景再现、种瓜得瓜的必然，另外还是一种对"文化记忆"的尊重、仰望和对中国新诗的传承担当。无论在哪个历史节点，诗人们总是能率先指认出"新时代"之特质，并在新的历史诗篇中发出声音。诗，是罗伯特·洛厄尔诗歌中"明亮的捕捞"；而诗人，则是站在诗歌背后那一位需要安静的被隐匿者。诗从来不负责书写历史，但它比所有的历史都更真实。《未来简史》作者尤瓦尔·赫拉利开篇中写道："第三个千年开始之际，人类醒来，伸展手脚，揉了揉眼睛，脑子里依然萦绕着某些可怕的噩梦。"唯愿诗歌在漫漫黑暗中道出我们无法言说的结局。

感谢诗人张执浩和魏天无！他们介绍九叶诗派研究专家、华中师范大学文学院张岩泉老师与我认识。后来在与张老师的电话交流和武汉会晤时，张老师给予我很多鼓励，在此衷心感谢张岩泉老师对"新九叶"的支持！

感谢著名诗人、学者、翻译家王家新老师应邀为《新九叶集》作序。感谢北外亦师亦友的张桦老师有分量的序文(时至今日,张桦老师在北外大教室为我们讲授中国文学课的沉稳男中音有时还会在梦里回响)。感谢诗人、诗评论家高尚的倾力之论。还要感谢"新九叶"其他八位诗人对骆家的信任。当《新九叶集》付梓之时,一切的辛劳付出将值回。特别感谢远在美国的幸存者书局和诗人金重,他不仅最先倡导发起"新九叶"诗人合集,而且锲而不舍鼓励、不辞辛劳自作《新九叶集》插图以及"新九叶"诗人素描,他的灵感和画艺让《新九叶集》平地添色。感谢所有默默关注和支持《新九叶集》的新老朋友。

一如当年北外诗社的《泰思》一样,《新九叶集》也是一种"尝试"。百年中国新诗旅途中,当年的北外青春诗人进入中年,而"新九叶"诗人们还在努力的路上发着光,继续或孤旅或隐匿的个体生活,唯有诗还会清醒人生、温暖世人。王家新老师非常推崇的一位北外九叶诗人、已故著名翻译家王佐良先生有一首美国诗人罗伯特·洛厄尔的诗译《渔网》[1],附录如下,以表达"新九叶"诗人对"北外之魂"王佐良先生以及九叶诗派前辈所有诗人的敬仰:

---

[1] 王家新:《"静默的远航"与"明亮的捕捞"——王佐良对洛厄尔〈渔网〉的翻译》,载《翻译的辨认》,东方出版中心,2017,第214页。

Fishnet

Robert Lowell (1917—1977)

Any clear thing that blinds us with surprise,

Your wandering silences and bright trouvailles,

Dolphin let loose to catch the flashing fish···

Saying too little, then too much.

Poets die adolescents, their beat embalms them,

The archetypal voices sing off key;

The old actor cannot read his friends,

And nevertheless he reads himself aloud,

Genius hums the auditorium dead.

The line must terminate.

Yet my heart rises, I know I've gladdened a lifetime

Knotting, undoing a fishnet of tarred rope;

The net will hang on the wall when the fish are eaten,

Nailed like illegible bronze on the futureless future.

渔网

作者：［美］罗伯特·洛厄尔（1917—1977）

翻译：王佐良（1916—1995）

任何明净的东西使我们惊讶得目眩，
你的静默的远航和明亮的捕捞。
海豚放开了，去捉一闪而过的鱼……
说得太少，后来又太多。
诗人们青春死去，但韵律护住了他们的躯体；
原型的嗓子唱得走了调；
老演员念不出朋友们的作品，
只大声念着他自己，
天才低哼着，直到礼堂死寂。
这一行必须终结。
然而我的心高扬，我知道我欢快地过了一生，
把一张上了焦油的渔网织了又拆。
等鱼吃完了，网就会挂在墙上，
像块字迹模糊的铜牌，钉在无未来的未来之上。

丁酉闰六月初稿，孟秋修订于深圳大涌